KB022999

죽음에 다가가는 절차

b판시선 021

하종오 시집

죽음에 다가가는 절차

도서출판 b

중년을 넘기면서부터 유언장을 쓰기 시작했다. 심경의 변화가 있을 때마다 고쳐 썼는데, 고치다가 보면 유언의 문장이 어느 해엔 늘고 어느 해엔 줄어들기를 반복하다가 해가 갈수록 늘어나지 않고 줄어들어서 최근엔 아예 몇 줄만 남았다. 아마도 유언의 문장 대신에 이 연작시*가 써진 것이 아닐까 싶은데 유언장을 대신하기보다 운문으로 쓴 생의 반성문이기를 원한다.

태어난 우리 모두는 죽는다.

강화에서 새벽에

하종오

* 연작시의 순서는 창작 순일 뿐, 의미를 조직하기 위해 배치하지 않았다. 나의 사유와 상상이 확장(확대)했는지 집중(심화)했는지 갱신(진화)했는지 스스로 궁금하다.

| 차 례 |

죽음에 다가가는 절차 · 1

노환이 깊어 병상에서
미동 못하고 말 못하는 숙부가
나를 보고는
오른손 검지를 폈다

두 살배기 외손이 배고프면
나에게 식탁 앞에 앉혀 달라고
오른손 검지를 펴서
의자를 향해 들던 모습이 떠올라
이제 숙부가 아기로 되돌아가서
손가락 하나로
의사 표시하는 법을 행하는가 여겼지만
속뜻을 알 수 없었다
병문안 와 주어서 고맙다는 손짓인지
병실 밖으로 나가자는 손짓인지
이승에서 마지막으로 악수하자는 손짓인지

내가 두 손으로

오른손 검지를 잡아주었을 때

숙부는 눈을 깜박였다

내 등 뒤에 와 있는 죽음을 가리켰는지…

죽음에 다가가는 절차 · 2

나는 가까이서 아카시아나무를 쳐다보았다
슬퍼하지 않고서 어떻게 낙화할 수 있겠는가
아카시아나무는 상갓집에 다녀온 것일 것이다
이미 뿌리를 여러 무덤 속에 더듬더듬 넣어 봐서
인간은 죽은 뒤 할 수 있는 일이 전혀 없다는 걸
아카시아나무는 알고 있었을 것이다
이미 꽃송이를 주렁주렁 달고 있어 봐서
인간은 살아 있는 동안 아름다운 향기를 탐한다는 걸
아카시아나무는 알고 있었을 것이다
하지만 내가 아카시아나무에게 다가온 것은
원가지와 잔가지에서 잎사귀가 수없이 흔들리는데도
우듬지가 볼품없고 그늘이 엉성해서였다
바깥주인이 돌아가신 상갓집에 문상하고 온 아카시아나무
는
분명히 속으로 울고 있는 것일 것이다
안주인이 흰 소복을 입고 문상객을 맞을 적에
흰 꽃을 떨어뜨려 예를 차리고 나서부터

제자리로 돌아온 지금까지 줄곧 낙화하고 있는 아카시아나
무는

　오랜 옛날 식목하여 준 바깥주인을 슬퍼하고 있는 것일
것이다

　나는 기꺼이 꽃비 속으로 들어갔다

죽음에 다가가는 절차 · 3

나의 시간과 손자의 시간은
동일체로 간다

나하고 같이 가기도 하고
손자하고 같이 가기도 하는 시간이
아이의 발걸음으로 걷는 곳에서는
아이의 말을 하고
노인의 발걸음으로 걷는 곳에서는
노인의 말을 해서
손자와 나도
동일체로 대화한다

내가 손자와 동일체로
손자의 시간에게로 가는 날이 있고
손자가 나와 동일체로
나의 시간에게로 가는 날이 있다
그 시간들은 스스로 죽기 전에

나와 손자와 동일체로 지낼 것이다

죽음에 다가가는 절차 · 4

그가 저녁에 죽었다는 부음을 들었다
그녀가 아침에 죽었다는 부음을 들었다
눈을 마지막 감기 전에
그는 저녁놀을 보려고 했을까
그녀는 아침놀을 보려고 했을까
숨을 마지막으로 쉬었을 때
그는 어둠을 흔들었다고 여겼을까
그녀는 빛을 흔들었다고 여겼을까
누구도 죽었다가 살아난 적 없으니
저마다 죽음에 다가가는 절차를 알 수 없다
내가 이세상 떠나는 날,
두 눈을 뜨고 있으면
아들딸이 감겨주기를 원하고
숨소리를 내고 있으면
아내가 들어주기를 원한다
그때가 아침이라서 죽음이 햇빛으로 와
나의 빛나던 시절을 잠시 떠올리게 해준다면

나는 눈 감고 숨 멈출지도 모르겠다
그때가 저녁이라서 죽음이 어스름으로 와
나의 어둡던 시절을 잠시 떠올리게 해준다면
나는 눈 감고 숨 멈출지도 모르겠다
아직까진 죽음에 다가가는 더 좋은 절차가
부음을 듣는 나에게 새로이 생겨나지 않는다

죽음에 다가가는 절차·5

밤중에 잠 깨면 돌아가신 분들이 생각난다
침대에 걸터앉아 양 무릎에 양손을 얹으면
모골이 송연했던 일이 떠올라
절로 손깍지를 끼고 고개 숙이게 된다

지금 깊은 밤
개는 발을 모으고 구름에게 짖어댔던
기억이 떠올라 꼬리털을 떨고 있을까
새는 날개를 접고 바람을 붙잡으려 했던
기억이 떠올라 부리를 달싹거리고 있을까
꽃나무는 꽃잎을 펴고 햇볕을 가렸던
기억이 떠올라 뿌리를 꼼지락거리고 있을까

나에게 잘못을 나무라기는커녕 덮어주다가 돌아가신 부모
님에게
나는 큰소리만 쳤다
나를 도와주고도 내색하지 않다가 돌아가신 형에게

나는 갚을 생각을 한 적이 없었다

나에게 말하지 않고도 수만 가지 가르치다가 돌아가신 은사
에게

나는 시건방진 질문만 해댔었다

저세상에서 고인들은 다 망각해 버렸을 테지

나는 아직 내가 잊지 못한 기억들 때문에

한 분 한 분에게 죄송하고 죄송하다

머지않아 나도 죽을 것이다

나로 해서 생긴 기억이 있다면 누구라도 망각하기를…

죽음에 다가가는 절차 · 6

지난달의 나는
뒷산 산기슭에서 산수유 노란 꽃과
진달래 붉은 꽃을 구경하다가
집에 돌아와 꽃잠을 자며 지냈다

이번 달의 나는
아욱 씨를 뿌린 뒤 날마다 저물기 전에
가문 텃밭에 나와 물을 뿌리며 지냈다

살아 있는 나는
지난달의 나여서 꽃구경하며 살아가게 될까
이번 달의 나여서 물을 뿌리며 살아가게 될까

다음 달의 나는
뒷산 산길에서 나무지팡이를 짚고 서서
큰 나무를 지나 작은 나무에 와서 흔들리는
바람을 살펴보며 지내고 싶다

다다음 달의 나는
아욱을 다 베어 먹고 일찌감치 갈아엎어서
김장배추 씨를 뿌린 뒤 비를 기다리며 지내고 싶다

죽어갈 나는
다음 달의 나로서 바람을 살펴보다가 죽게 될까
다다음 달의 나로서 비를 기다리다가 죽게 될까

살아 있다가 죽어가기 위해서
그리해야 한다면 그리할 것이다

죽음에 다가가는 절차 · 7

책 읽기에 열중하여
과로사 했다는
독자가 있다는 말을 듣진 못했다

독서를 아무리 많이 하여도
과중한 노동이라고 할 순 없겠지만
독서가 잘 죽기 위한 방편일 순 있다고
믿는 편인 나는
책을 읽다가
한 페이지를 넘기는 순간
딱, 숨이 멎기를 바란 적은 있었다

저자가 죽으면 입관할 때
저서를 함께 넣기도 한다는데
독자가 책 읽다가 죽어 무덤에 묻힐 때
애독서를 부장하는 관습이 없는 시대에
애독자로 시집을 읽다가 죽기를 원한다가도

시인으로 시를 쓰다가 죽고 싶었다

죽음에 다가가는 절차 · 8

나는 지천명을 넘기고서도
사형師兄을 만만하게 대했다
나이가 여섯 살이나 더 많고
연조가 있어도
나이대접하지 않았다

내가 시건방지게 언행을 해도
사형은 너무나 친연하였다
연장年長으로서 당연한 맘가짐이려니 하다가
내가 그 나이 되었을 때
연하年下가 시건방지게 언행을 하면
도끼눈을 뜨고 쳐다보았다
낫살을 먹는다고 해서
저절로 관대해지는 건 아니었다

사형은 환갑에 죽었다
나는 그 나이보다

삼 년이나 더 살아 있으면서도
누구에게도 너그럽게 대하지 못한 채
살날을 헤아리는 자신을 탄식하다가
죽음에 다가가는 절차가
이런 것이 아닌가 의구한다
사형이 지금 내 나이라면 자탄하진 않겠지

죽음에 다가가는 절차 · 9

귀촌한 다음날부터 중로(中老)는
자전거를 타고 휘파람을 불면서
마을길을 휘휘 달렸다
자전거를 따라서
산봉우리도 달리고 들판도 달렸다

귀촌한 지 일 년도 못 가서 중로는
지팡이를 짚고 라디오를 들으며
마을길을 느릿느릿 걸었다
지팡이를 따라서
나무도 걷고 풀도 걸었다

그리고 어느 해 어느 날
도시에서 새로 귀촌한 이웃의 집들이에 가서
그간 너무 먹고 싶었으나
병으로 못 먹었던 음식만 골라먹고는
복통을 하여 구급차에 실려 도시로 갔다

산봉우리도 들판도 나무도 풀도
다 제자리에 머물러 있었는데
중로는 다시 돌아오지 못했다

죽음에 다가가는 절차 · 10

칠순을 넘긴 노소설가와
팔순을 넘긴 노시인과
밤늦도록 술 한 잔 한 뒤
공중화장실에 들러 소피를 보고
좀 느긋해졌을 때
몇 살까지 살지 아느냐고
나는 짐짓 물어 보았다
노소설가도 노시인도
백 살까지 살 수 있다고 장담했다
평생 소설을 쓰고
평생 시를 썼다면
천명을 아는 일쯤이야
대수가 아닐 수도 있지만
원로문학가로서 장수의 확신을 말하는 건
정말이지 비문학적으로 보였다
그들과 헤어져 귀갓길에 오르니
늙도록 글을 쓰고 있다는 것만으로도

밤하늘의 별처럼 우러러보였다

내가 살아있든 죽었든 간에

죽음은 나와 무관하다

살아있을 때는 죽음이 없고

죽었을 때는 내가 없기 때문이다*

이 문장을 읽은 뒤로

죽음을 두려워하지 않으려고 노력하며

예순 줄에 든 나는

칠순이 넘도록 작품을 쓰고

팔순이 넘도록 작품을 쓴다면

아예 생사를 구분하지 않게 되리라고 상상했다

* '우리가 살아있든 죽었든 간에 죽음은 우리와 무관하다. 살아있을 때는 죽음이 없고
  죽었을 때는 우리가 없기 때문이다.' ─『죽음이란 무엇인가』(셸리 케이건 지음, 박세연
  옮김)에 고대 그리스 철학자 에피쿠로스의 글이라고 적혀 있었다.

죽음에 다가가는 절차 · 11

누구는 먼저 죽었고 누구는 나중 죽었다
먼저 죽은 누구는 나중 죽은 누구를 생각해서
애증과 희비를 가져가지 않았을까
나중 죽은 누구는 먼저 죽은 누구를 생각해서
회한과 고독을 놔뒀을까
누가 먼저 죽고 누가 나중 죽은 그 사이에서
또 누군가 먼저 죽었고 또 누군가 나중 죽었다
앞서거니 뒤서거니 다투지 않았다
실제로는 누가 누구를 위해서가 아니었다
자기 자신을 위하여
애증과 희비를 가져갔고
회한과 고독을 놔두지 않았다
누구는 먼저 죽었고 누구는 나중 죽었다
누가 해석할 수 없는 일이었고
누가 설명할 수 없는 일이었다

죽음에 다가가는 절차 · 12

나는 언제부턴가 장례식장에 가지 않기로 했다
휴대폰 문자메시지로 오는 부고를 받은 뒤
생전에 뵌 적 없는 고인의 영정 앞에서
두 번 절하는 게 어색했다

내가 나이 들어 죽으면
아마도 나를 아는 사람들은 대다수
병사했거나 임종을 앞두어서
문상을 하러 오지 못할 것이다
자식의 지인들이
생전에 뵌 적도 없는 내 영정 앞에서
두 번 절하는 걸 어색해 할 것이다

내가 이 세상을 떠나도
주변에 부고하지 말고
장사 지낸 후에 알릴 것을
유언으로 써두었디

죽음에 다가가는 절차 · 13

나의 할아버지는 손자를 수십 명 보셨다
나는 그중 하나지만
아궁이에 불을 때면 부지깽이로 불장난했고
겸상하면서 맛있는 반찬만 골라 먹었고
이웃집에 말을 전하는 심부름을 다녔다
내가 어린 시절을 보내고 곁을 떠난 뒷날
할아버지는 깊은 병 들어 돌아가셨다
할아버지 손 안에서 내가 놀지 않았을 때
죽음에 다가가는 절차가 완료되었던 걸까
나는 외손을 한 명 보았다
꽃들에게 다가가는 걸음걸이를 가르치고
꽃들에게 물을 주는 시간을 알려주고
꽃들마다 다른 꽃봉오리를 비교해 준다
말문이 트이지 않았어도
다 알아듣는다고 믿는다
손자가 어린 시절을 보내고 곁을 떠난 뒷날
나도 깊은 병 들어 죽을 것이다

죽음에 다가가는 절차 · 14

산발치에 집 짓고
신접살림 차렸던 청년이
농사꾼으로 상노인 되도록 살았다

산 아래 깊드리 오가며
오로지 벼 많이 거두어 팔아온 상노인,
산 중턱 높드리 오가며
오로지 홍고추 많이 거두어 팔아온 상노인,

집 앞 마당가에다
환갑에 느티나무 묘목 사다 심고 물 주었고
종심에 느티나무 가지에 그네 달아 손자 태웠고
망구에 느티나무 그늘에 의자 갖다놓고 지냈다

오늘은 깊드리 높드리 오가지 않고
종일 의자에 두 손 깍지 끼고 앉아
상노인, 건넛산 부덤늘 바라보고 있었다

죽음에 다가가는 절차 · 15

터가 좋아 보이는 곳엔 으레 무덤이 있다
주인이 망자인지 유족인지
나는 고개 갸웃하며,
무덤마다 죽음을 대하는 감각이
다 다르다는 걸 느낀다
석인石人이 세워진 무덤도 있고
석수石獸가 세워진 무덤도 있고
석주石柱가 세워진 무덤도 있다
망자의 저승보다 유족의 이승을
지키도록 세워진 것 같은
그 석물들이 또한
죽음에 다가가는 절차로 세워진 것 같다
무덤 주변에 심긴 조경수는 더욱이나
죽음에 다가가는 더 좋은 절차로 심긴 것 같다
저 앞에 철쭉이 심긴 무덤의 주인이
망자라면 아름답게 살다 죽었다는 뜻으로
유족이라면 아름답게 살다 죽고 싶다는 뜻으로

저 옆에 솔이 심긴 무덤의 주인이

망자라면 젊게 살다 죽었다는 뜻으로

유족이라면 젊게 살다 죽고 싶다는 뜻으로

저 뒤에 향나무가 심긴 무덤의 주인이

망자라면 오래 살다 죽었다는 뜻으로

유족이라면 오래 살다 죽고 싶다는 뜻으로

해석해 보며 나는 산길을 걷는다

맨송맨송하게 살아온 나는 무덤이 필요 없겠다

죽음에 다가가는 절차 · 16

뒷등성이로 난 산길 가에
주인을 알 수 없는 새 봉분이 생겨나 있었다
근래 산으로 오르는 영구차를 보지 못했고
떼를 입히지 않은 모양으로 봐서
가묘假墓로 짐작하였다
가묘를 써두면 장수한다는 말을 들은 적 있지만
그보다는 자신이 묻힐 자리를 미리 만들어놓고
죽음을 기정사실화하려는 의도로 이해하고 싶었고
언젠가 죽을 때를 대비하는 사람은 겸허할 거라고 믿었다
아마도 묘주墓主는 가묘를 마련해 놓음으로써
생전에 땅을 통차지했던 욕망을 버렸을 것 같았다
가묘를 계획한 적도 없고
가묘를 쓸 수 있는 산을 소유한 적도 없는
내가 남의 가묘 앞에서 생각이 많아졌다
죽어서 묻힐 무덤의 위치를 손수 잡을 수 있는 무리로는
살아서 움직이는 목숨앗이 가운데선 사람이 유일할 텐데
사실 그건 사후에도 땅을 통차지하려는 욕망에 지나지

않는다

나는 새 봉분을 외면하고
앞마을로 난 산길을 내려왔다

죽음에 다가가는 절차 · 17

공동묘지로 올라가는 길이 다 막혔다
공동묘지를 둘러싼 산밭치 밭뙈기들
지주들은 외지인,
길로 쓰이던 밭둑에 울타리를 친 것이다

예전에는 공동묘지로 올라가는 길을
아무도 막지 않았다
공동묘지를 둘러싼 산밭치 밭뙈기들
지주들은 토박이들,
모두 가족묘를 써놓고 있었으므로
묘주들이 성묘를 다닐 수 있도록
밭둑을 길로 내주었던 것이다

공동묘지로 올라가는 길도
사사로이 소유하지 않으면
망자를 찾아뵈러 갈 수도 없게 된 시골마을,
죽기 전에 밭을 판 마을사람들은

죽은 후에 무덤으로 갈 길을 팔아버렸다는 걸 알고는
집 뒤뜰 감나무 밑에 묻혀야 할지
들판에 부는 바람에 묻혀야 할지 고민하였다

죽음에 다가가는 절차 · 18

뒷산에 공동묘지가 있는 줄도 모르고
헌 집을 사서 이사 왔다

나 말고 몇몇은
예전에 집이 있었으나 이젠 흔적조차 없는
터를 사서 이사 와 새 집을 짓고 살았다

새 집 쥔들은
아예 마실 다니지 않았는데
이따금 내가 집 앞을 지나갈 때면
밤에 꿈자리가 뒤숭숭하다고 말들 하다가
어느 집 쥔은 골절하여 지팡이를 짚고 지냈고
어느 집 쥔은 눈이 멀어 처마 아래 나앉아 지냈고
어느 집 쥔은 치매에 걸려 방안에 갇혀 지냈다

생로병사,
나는 헌 집을 허물고 새 집을 지어 살면서

가끔 뒷산에 올라 공동묘지의 허묘虛墓들을 바라보며
살아온 날과 죽어갈 날을 비교하여
지금 생이 깊어지고 있다고 위로했다

죽음에 다가가는 절차·19

어제 마을에는 한 노파가 먼저 죽고
뒤이어 한 노인이 죽었다
오늘 마을에는 한 노인이 먼저 죽고
뒤이어 한 노파가 죽었다*

아내는 노파가 되어 가고
나는 노인이 되어 간다

내일 마을에는 한 노파가 먼저 죽고
뒤이어 한 노인이 죽을까
내일 마을에는 한 노인이 먼저 죽고
뒤이어 한 노파가 죽을까

노부부가 전후 없이 죽는 마을에서
나는 아내와 함께 늙은이로 지내고 있다
아, 무엇이든 돌이킬 수 있는 생의 시간이
신에게 가 있구나

아아, 아무것도 돌이킬 수 없는 죽음의 시간이
인간에게 와 있구나

* 김상미의 시 「포르쉐 550스파이더」에 이런 구절이 있다. '어제 본 신문에는 한
  여자가 먼저 죽고/ 그다음에 한 남자가 죽었지만/ 오늘 본 신문에는 한 남자가 먼저
  죽고/ 그다음에 한 여자가 죽었어'

죽음에 다가가는 절차 · 20

병사하기 얼마 전 나를 만나서
선배소설가는 뚱한 말투로
여태 시 쓰느냐고 물었고
선배시인은 화난 목소리로
시를 많이 쓰면 안 된다고 나무랐다

두 문학가는 지금 내 나이보다 더 일찍 죽었는데
죽기 전에 왜 동업종으로 동시대를 살아가는
나를 비난하는 잣대로 자신도 비난받는다고
생각하지 않았을까

작품을 많이 쓰는 것이
죽음에 다가가는 더 빠른 절차라고 믿어서
작품은 써질 때, 작품은 쓸 수 있을 때
계속 써야 한다는 지론을 가진 내가 보기에
선배소설가는 시란 젊은 날에 쓰는 장르이고
선배시인은 시란 절제하여 쓰는 형식이라는

고정관념을 가진 문학가였기에
종생하고 있는 자신들을 알지 못했으며
작품도 더 이상 쓰지 못했다

뚱한 말투로나 화난 목소리로나
내 시를 읽고 있다고 인사치례라도 했더라면
선배소설가와 선배시인은
죽음에 다가가는 더 빠른 절차까지도 아는 문학가로
나는 기억할 텐데
곧잘 죽음을 다루는 내 시가 몹시 거슬렸는가 짐작했다

죽음에 다가가는 절차·21

딸은 어릴 적에
제 외할아버지가 호미나 괭이를 쓰면
쓰임새를 알아채고 따라했다

어린 외손녀가
외할아버지인 내가 호미나 괭이를 쓰면
쓰임새를 알아채고 따라한다

딸이 성인이 되기 전에
제 외할아버지가 돌아가셨다
외손녀가 성인이 되기 전에
외할아버지인 내가 죽을 것이다

딸은 알았는지 몰랐는지 별말 하지 않았다
제 외할아버지가 농기구를 손에서 놓아버린 후
돌아가셨다는 걸

외손녀도 알지 모를지 별말 하지 않을까
외할아버지인 내가 농기구를 손에서 놓아버린 후
죽는다는 걸

딸에게도 외손녀에게도
호미나 괭이를 쓰지 못하는 날이 온다는 말은
내가 해서는 안 되는 말이다

죽음에 다가가는 절차·22

최초 직립보행한 후
내 두 다리는 평생 걸어온 길을
몸 구석구석에 쟁이고 있다고 믿는다
이제 길을 걷고 나면 몸이 무거워지니까

최후 직립보행한 후
내 두 다리는 평생 걸어온 길을
몸 구석구석에서 밀어낼 거라고 믿는다
더는 길을 걸을 수 없도록 몸이 누워버릴 테니까

돌이켜보면 시시때때로
산을 넘어갔다가 능선을 데리고 오지 못했고
들판을 질러갔다가 지평선을 데리고 오지 못했고
바다를 지나갔다가 수평선을 데리고 오지 못했다

내가 죽음에 다가가는 절차로는
산을 넘어갔다가 산길을 돌아오지 않는 것이

들판을 질러갔다가 들길을 돌아오지 않는 것이
바다를 지나갔다가 바닷길을 돌아오지 않는 것이
합당하다고 생각하다가도
두 다리더러 온몸에서 모든 길을 꺼내 깔아놓게 해놓고는
그 길을 다시 걸어서 가는 것이
더 합당하다고 고쳐 생각한다

죽음에 다가가는 절차 · 23

개양귀비 한 포기를
이웃에게 얻어와
앞마당에 심었다
이듬해 수십 포기가 돋아나서
다른 화초가 자라지 못하도록
앞마당을 차지했다

그 번식력에 놀라다가
그 모양에 사로잡히다가
그 다음해엔 집 둘레에
개양귀비 천지여서
대략 난감한데
이웃이 특단의 조치를 알려주었다
꽃이 피거든 꽃구경하고 나서
꽃을 삭둑 베어버리라는 것이어서
더욱 난감하였다

개양귀비를 죽이는 절차가
비열하다고 속생각하다가
양귀비가 죽음에 다가가는 절차로는
스스로 씨를 맺지 않고 시들도록
가만 놔두고 보는 것이라고 속생각했다

죽음에 다가가는 절차 · 24

사람은 태어나서 죽을 때까지
두 시절 아기를 업는다

한 시절엔 자식을 아기 때 업고
한 시절엔 손자를 아기 때 업는다

사람은 태어나서 죽을 때까지
두 시절 자신이 업힌다

한 시절엔 아기 때 부모님에게 업히고
한 시절엔 말년 때 자식에게 업힌다

두 시절 업는 일, 두 시절 업히는 일,
태어나서 죽을 때까지 두 가지 다 했다면
충분히 산 사람이다

죽음에 다가가는 절차 · 25

마지막으로 안주인이 죽은 뒤
녹슨 철제 대문은 늘 잠겨 있었다
바깥주인이 죽기 전에
안주인이 겨울을 따뜻하게 나도록
헛간에 가득 채워 두었던 땔감을
가까운 이웃들이 가져갔다
붉은 벽돌을 쌓고 슬레이트지붕을 얹은 집을
마을에서 오래 산 이웃들은
수십 년 전엔 아주 잘 지은 집이라고 입을 모았다
녹슨 철제대문 앞에 꽃밭을 만들고
봄부터 가을까지 흐드러졌다가 시드는
온갖 꽃들을 심어놓은 걸 보면
주인부부가 생전에 꿈꿨던 집은
사후에 자식들이 찾아오지 않더라도
이웃들이 지나가다가 발걸음을 멈추고
한동안 바라보다가 가는 빈집이었을 게다

죽음에 다가가는 절차 · 26

돼지감자는 한 해 다 캤다 싶어도
이듬해 또 자라났다
풀을 매지 않아도 너무 잘 커서
노란 꽃을 피우는 돼지감자를
노파는 근력이 부치자
밭뙈기마다 심어놓고
해마다 캐어 장에 나가 팔았다
땅속에 남아 있는 덩이줄기로
거듭 돋아나는 돼지감자를 깎아먹기도 했다
혼자 살아가는 일에 익숙해진 노파는
혼자 죽어가는 일에도 익숙해지려고 애썼다
돼지감자를 본 척도 하지 않고
아예 끼니를 거르기도 했다

죽음에 다가가는 절차 · 27

한 초로는 높드리를 갈려고
경운기 몰고 올라가다가
언덕에 떨어져 죽었다

또 한 초로는 깊드리에 물을 대려고
농수로에 들어가 양수기를 돌리다가
감전되어 죽었다

두 농부는 젊어서 각자 객지에 나갔는데
누구는 공장에 다녔고
누구는 중동에 잡부로 갔다 왔다
귀향한 후론 날마다 술에 취해 일하다가
각자 살아온 대로 각자 죽어갔다

죽음에 다가가는 절차 · 28

참척은
참혹할 참慘, 슬플 척慽을 합쳐놓은 명사다
오로지 슬프고 참혹한 일이 세상사에 있으니까
낱말이 생겨났을 것이다
국어사전을 보면
자손이 부모나 조부모보다
먼저 죽는 일을 참척이라고 한다

죽음은 이세상을 떠나는 것이고
죽음은 이세상에 몸도 영혼도 없어지는 것이고
죽음은 이세상에 다시 돌아오지 못하는 것이다
이세상에 온 순서대로 저세상으로 가면
무엇도 참혹하지 않고 누구도 근심하지 않겠지

나의 부모님은 참척 없이 저세상으로 가셨다
나도 참척 없이 저세상으로 가고 싶다
죽음에 다가가기에 더없이 편안한 절차는

대를 이어 살다가 대를 이어 죽는 것이다
나의 자식도 참척 없이 저세상으로 갈 것이다

죽음에 다가가는 절차 · 29

이바라기 노리코 씨는
자신의 부음을 써서 미리 인쇄해 두었다가
죽은 후에 날짜와 사인死因만 적어
지인들에게 보내 달라고 유언했다.

'이번에 저는 (2006)년 (2)월 (17)일, (지주막하출혈=뇌막
졸중)으로 이 세상을 하직하게 되었습니다. 이것은 생전에
써둔 것입니다. 내 의지로 장례, 영결식은 하지 않기로 했습니
다. 이 집도 당분간 사람이 살지 않게 되니 조위금이나 조화
등 아무것도 보내지 말아 주세요. '그 사람도 떠났구나' 하고
한순간, 단지 한순간 기억해 주시기만 하면 그것으로 충분합니
다.'*

내 시 몇 편을 일본어로 번역한
이바라기 노리코 씨와
몇 차례 사신을 주고받았어도
지인의 명단에 들지 못했던지

나는 부음을 받지 못했지만

이바라기 노리코 씨는

내가 아는 죽은 시인들 중에서

가장 시인답게 죽었다

* 「죽은 자가 보내온 부음」(서경식, 2006년 3월 30일, 한겨레 인터넷판)에서 인용했다.
이바라기 노리코茨木のり子는 전후 일본 대표시인이며, 일어번역시집으로 『韓國現代詩
選』(花神社, 1990年, 日本)을 내면서 내 시 4편을 소개했다.

죽음에 다가가는 절차 · 30

내가 살아 있을 적에
먼동부터 밝히고 창문에 와서 환해지던 햇빛은
내가 죽은 후에도
먼동부터 밝히고 창문에 와서 환해지겠지

살아 있는 내가
죽은 후의 일을 상상하는 것이
남아 있는 생에서
무엇을 더 할 수 있는 동기가 된다면
햇빛이 환해지기 전에
창문을 열고 먼동을 바라보겠다

살아 있는 나를
죽은 후의 내가 되돌아보는 상상을 하게 되면
이제 끝나가는 생에서
햇빛이 환해지기 전에
창문을 열고 먼동을 바라보면서

무언가 계획하고 추진해야 할 기분이 든다

이것이 죽음에 다가가는 절차라면
먼동부터 밝히고 창문에 와서 환해지는 햇빛 속에서
이것을 궁구해 봐야겠다

죽음에 다가가는 절차 · 31

누구에게나 젊어서 죽어
젊은 얼굴로만 기억되는 지인이
한두 명쯤 있다

죽음에 다가가는 절차란
살아 있었을 적 얼굴을
기억하는 것이라는 심증을 갖게 한다

젊어서 비명횡사한 친구가 있는데
초로에 든 나는
친구를 청년으로 기억할 뿐
초로가 된 친구를 상상하지 못한다

젊어서 비명횡사한 친구는
살아남은 나를 청년으로 기억할 뿐
초로가 된 나를 상상할 수 없을 것이다

서로가 상대방을

청년으로 상상하는 시점에서

죽음에 다가가는 절차는 결국

삶에 다가가는 절차가 되고 만다

죽음에 다가가는 절차 · 32

오래 병을 앓으면서
늘 바깥 활동을 하러 다녔어도
벌이가 별로 없었던 모 시인은
어느 날 목욕을 하고 눕더니
부인과 두 딸을 모아놓고
서로 도와 가며 살라는 당부를 하고는
조용히 숨을 거두었다고 한다
가장이 썼던 물품들을 정리한 유족은
남김없이 내다버리거나 불태우고는
이내 모 시인을 망각했으나
살림을 꾸려갈 방도를 찾지 못했다고 한다
사정이 딱한 유족을 위로하기 위하여
문우들이 십시일반 모아 성금을 전달하고
방과 후 알바자리를 알아봐 주었을 때,
부인은 처음으로 거금을 만져 본다고 웃었고
두 딸은 시급을 받게 됐다며 좋아했다고 한다
시인이라고 해서 다 적빈하지 않지만

부인과 두 딸에게 가난을 강제하며

유달리 적빈했던 모 시인이 죽은 후,

유족은 비로소 가난에서 벗어나

유언대로 정말 서로 도와 가며 살았다고 한다

죽음에 다가가는 절차·33

우리 민속에서
망자를 본뜬 가면을
추억가면이라고 한다

중학교 미술반 교실 벽에 걸려 있던 석고상,
두 귀가 멀어 자신의 음악도 듣지 못하고 죽은
베토벤의 데스마스크가 떠오를 뿐,
주변에서 누군가 죽어
추억하기 위해 만든 가면을 보진 못한다

내가 눈이 멀어 시를 쓰지 못하고 죽는다 해서
내가 성대가 상하여 시를 구술하지 못하고 죽는다 해서
애독자가 추억가면을 만들까
애독자가 눈이 멀어 내 시를 묵독하지 못하고 죽는다 해서
애독자가 성대가 상하여 내 시를 낭독하지 못하고 죽는다
해서
  내가 추억가면을 만들까

나는 최고의 시를 쓰지 못하므로
애독자는 최고의 시를 읽지 못하므로
피차 추억하기 위하여 가면을 만들지 못하겠다 싶으면서도
추억가면을 상상해 본다

베토벤의 데스마스크는 고뇌에 찬 표정을 짓고 있었다
나의 추억가면은 못마땅하여 인상을 쓰고 있을 것이고
애독자의 추억가면은 떨떠름한 얼굴을 하고 있을 것이다

죽음에 다가가는 절차 · 34

여러 들고양이가 번갈아 와서
음식찌꺼기를 먹다가 갔다
어디론가 먹이를 찾아갔다면
되돌아오기도 하겠지만
어디론가 죽을 자리를 찾아갔다면
되돌아오기 어려울 것이다

나는 음식찌꺼기를 버리면서도
육류만 골라 모아 놔주었다
검은 들고양이, 흰 들고양이, 누런 들고양이,
혼자 늘 초라한 식사를 하면서도
밥상을 차려준 나를 힐끔거리기도 했다
나는 못 본 척했다

들고양이들은 어디서 죽을까
어떤 들고양이가 죽었다는 소식을
나에게 전하러 오는 들고양이는 없었다

배불리 먹이를 찾아갔던 자리에서 죽을 수도 있었을 것이다

제 일족의 죽음을 종이 다른 나에게 알릴 이유도 없었을 것이다

나도 산에서도 들에서도 들고양이의 사체를 보지 못했다

떠나간 들고양이들 중에서 다시 돌아오는 들고양이를 본 적이 없었다

죽음에 다가가는 절차 · 35

고라니가 다니는 길을 아는
초로가 아침저녁으로
인근 식당에 출퇴근하다가
산기슭을 두리번거리며 중얼거렸다

햇볕이 따스한 오후면
역시 고라니가 다니는 길을 아는
상노인이 처마 아래서 왔다 갔다 하다가
산기슭을 두리번거리며 중얼거렸다

토박이 모녀가 중얼거리는 혼잣말은
토박이 모녀 각자에게만 들렸다
'산기슭에 새로 집들이 들어선 뒤로
고라니가 좀체 나타나질 않아'

초로와 상노인은 함께 늙어가는 모녀,
고라니가 잘 다니는 산모퉁잇길이 잘 보이는 날엔

자기들이 죽어서 갈 수 있는 길로 보이기도 했다

죽음에 다가가는 절차 · 36

귀촌한 지 일 년 된 중로는
처음 집을 짓고 텃밭으로 일군 땅을
자식에게 물려주고 싶어 했다
도시에 사는 자식이 나이 들면 와서
헌집을 고치고 기름진 텃밭을 돌보며
여생을 보낼 수 있다고 판단했다

수수백 년 동안 수수천 년 동안
땅이란 나라가 점령하고
사람이 소유하는 대상으로 생각해 왔다
중로가 모은 전 재산 집과 밭을
자식에게 물려주려는 건 당연해 보였다

중로는 평생에 하고 싶은 중대사를
드디어 하게 되었지만
실은 자식을 위해서가 아니었다
죽음에 다가가는 절차를 마지막 밟고 있었고

자신이 그 사실을 모르고 있을 뿐이었다

죽을 때가 가까워지면
꿈을 이룰 수 있는 장소를 찾아가서
계획을 세우고 집착하는 일이
중로에겐 너무 자연스러웠다

죽음에 다가가는 절차 · 37

마당에서 잔돌을 던지며 놀던 아이 시절이
죽음에 다가가는 절차라는 걸 그땐 몰랐다
노는 것만으로도 하루가 모자라서
어제오늘을 구분할 수 없었다

학교에서 책을 읽던 소년 시절이
죽음에 다가가는 절차라는 걸 그땐 몰랐다
문장이 끝없이 이어지는 페이지를 넘기면
아직 지샐 수 있는 밤이 많이 남아 있었다

거리에서 남들에게 기웃대던 청년 시절이
죽음에 다가가는 절차라는 걸 그땐 몰랐다
누구에게나 늘 훗날을 기약하며
지금 당장 더 무언가를 찾아다녀야 했다

방안에서 여생을 짚어보던 중년 시절이
죽음에 다가가는 절차라는 걸 그땐 몰랐다

어린 자식들이 장난을 치며 떠들면
함께 살아갈 날이 헤아려지지 않았다

시골에서 풀꽃을 바라보는 초로 시절이
죽음에 다가가는 절차라는 걸 이제 알았다
아무도 소식을 전해 오지 않는 시간을
혼자 견디다 보면 내일이 늘 끝으로 다가왔다

나이 들어도 다만 죽은 뒤의 일을 모른다
죽음에 다가가는 절차를 제대로 모른다 해야 하나?

죽음에 다가가는 절차 · 38

초로의 여자 셋이 상수리나무 아래서
수다를 떨고 있었다
나는 산꼭대기에 올랐다가
어느 집안 산소를 지나
산길을 내려오는 참이었다
산 속에 들어와 있으면
무덤들을 보게 되어도
죽음을 생각하지 않게 되고,
무병장수할 수 있으리라는
착각도 하게 된다
더구나 커다란 고목에
등을 기대 앉아 있으면…
상수리나무 기운이 전해질까
어느 집안 산소 아래인지도 모르고
초로의 여자 셋은 유쾌하게 떠들었다
땅속에 묻혀 있는 죽은 사람들과
땅위에서 놀고 있는 산 사람들

그 사이 불과 몇 걸음,
죽음은 조용하고 삶은 시끄럽다고
생각하는 나를 아랑곳하지 않고
초로의 여자 셋은 박장대소했다
나는 무시하고 지나치려는데
상수리나무가 어느 집안 산소 쪽으로
잎사귀와 나뭇가지들을 틀었다

죽음에 다가가는 절차 · 39

나는 불 끄고 간이침대에 누워
배꼽 위에 양손을 얹고 깍지 낀다
내가 실제로 칠성판에 뉘어 있다면
아무런 상상도 할 수 없을 지금,
간이침대를 둘러싼 어둠이
관이 되어 나를 입관한다

나는 오랜 날 간이침대에 누워 잠잤으며
다시 깨어나지 않기를 바란 날이 많았는데
오늘 입관되어 죽음을 상상하는 밤에
관 속으로 들어온 것들이 나를 건드린다

등 쪽으로 기어온 벌레가 나를 깨우고
옆구리 쪽으로 흘러온 물줄기가 나를 적시고
다리 쪽으로 다가온 소나무가 나를 일으켜 세운다

내가 벌떡 일어나 관 뚜껑을 열고 나오면

어둠이 밀려나서 깊어진다
한순간 간이침대는 삐걱대다가 멎고
도무지 죽음이 상상되지 않아
나는 방 한가운데 우두커니 선다

죽음에 다가가는 절차 · 40

스탠드에 불이 꺼졌을 때
죽도록 사랑한다는 말이 들렸다

죽음만이 갈라놓을 수 있는
사랑을 한 사람들은
정작 죽는다는 사실을
전혀 염두에 두지 않겠지만
어둠 속에서 죽도록 사랑한다는 맹세는
죽음에 다가가는 절차를
가장 **빠르게** 앞당겼거나
가장 나중으로 미루었다

스탠드에 불이 켜졌을 때
죽도록 사랑한다는 말이 사라졌다

죽음에 다가가는 절차 · 41

죽을 준비를 하지 않고 있다면
그건 담대한 열망이다

나는 중년에 접어들고 나서
언제까지 살 수나 있을까 상상했다
내가 해온 일은 곧잘 끝장나고
내가 인사한 사람과는 잘 이어지지 않았다

나는 초로에 접어들고 나서
얼마까지 살 수 있다거나
몇 살까지 살고 싶다는 말을 하지 않는다
내가 심은 나무들 곁에서 살고 있으므로
나무들보다 더 살지 못한다는 걸 안다

오래도록 살겠다는 열망도
종국에는 죽음에 다가가는 절차다

죽음에 다가가는 절차 · 42

아무렴 내가 살아온 절차가
내가 죽음에 다가가는 절차가 아닐까

새벽이나 해거름에 책상 앞에 앉아
생각에 잠겨 있다 보면
어둠이 햇빛 속에 스며드는지
햇빛이 어둠 속에 스며드는지
햇빛은 밝고 어둠은 어두워서
내가 살다가 죽는 상황이
새벽이나 해거름 같기를 원한다

내가 살아 있다가 죽고 나면
언제까지나 나를 만나지 못하고
어디에서도 내가 쓰던 모자를 보지 못하고
아무도 내가 중얼거리던 말소리를 듣지 못하더라도
내 시집 한 권쯤, 내 시 한 편쯤은
마을도서관에서 읽을 수 있으리라는

헛된 기대를 하면서
나는 시를 쓰는 시간이면
시를 쓰다가 죽기를 원한다

이렇게 내가 살아온 절차가
내가 죽음에 다가가는 절차다

죽음에 다가가는 절차 · 43

안락사라든가 존엄사라든가
죽음을 택하는 영국인은 스위스로
프랑스인은 벨기에로 간다고 한다

스스로 먹을 수 없이
스스로 입을 수 없이
스스로 생각할 수 없이
숨이 쉬어지는 상태가
숨이 멎는 상태로 바뀔 때까지
타의로 겨우 살아 있으라는 것은
사람이기를 원하지 말라는 것,
내 할아버지할머니도 아버지어머니도
그렇게 죽었다

안락사나 존엄사를 하려는 사람은
죽음에 다가가는 절차를
직접 만들고 직접 지키는 사람,

스위스인과 벨기에인은
자신과 타인의 죽음과 친할 줄 아는 것 같다

나 혼자 보지 못하고
나 혼자 듣지 못하고
나 혼자 말하지 못하면
그렇게 죽도록 자식에게 부탁해 둔다

죽음에 다가가는 절차 · 44

잡초와 함께 사는 법을 모르는 상노인,
곡식을 살리기 위해서
잡초를 죽이는 일을
너무나 정당하게 여겼다
잡초가 고랑을 차지할수록
곡식이 줄어드는 게 참을 수 없어
평생 때맞춰 제초제를 쳤다
먹을 수 있는 곡식을 가까이하고
먹을 수 없는 잡초를 멀리했던 상노인,
병들어 자리보전하다가 죽어 묻힌 무덤에
잡초가 수북했다

죽음에 다가가는 절차 · 45

나는 주춤, 했다
참새가 떨어져 있었다
산과 들을 놔두고
길바닥에 나동그라진
주검이 쓸쓸해 보였다
참새는 날개 돋던 시절에
둥지에서 날아올라
살기 위해 무리에게로 갔다가
죽기 위해 무리에게서 나왔을 것이다
나는 걸음마 하던 시절에
잠자리에서 일어나
살기 위해 사람들 속으로 갔지만
죽기 위해 사람들에게서 나오진 못하고 있다
나는 홀로이 죽은 참새를 들어 길가로 옮겨놓았다

죽음에 다가가는 절차 · 46

마당에 묶인 개는
내가 지나가면 짖었다
노인네는 개집과 개밥그릇을
날마다 씻어 놓았으나
목줄을 풀어 놓지는 않았다
논에 못줄 치듯 밭에 줄을 놓아
이랑을 반듯하게 일구는
노인네를 닮았다고 여겼던 개가
어느 날 보이지 않았다
노인네는 마당에 멍하니 선 채
개가 목줄을 풀고 다니다가
농약을 먹었는지
대낮에 슬그머니 눕더니
그만 숨을 멈추었으며
제 수명을 다하지 못했다고 말했다
잘못이 자기에게 있다는
미안한 표정을 지었던가

자신도 갑자기 죽을지 모른다는
난감한 표정을 지었던가
노인네가 평생 농약을 많이 쳐서
몸이 좋지 않다는 걸 아는 나는
무어라고 위로할 수 없어
깨끗한 개집과 개밥그릇만 내려다보았다

죽음에 다가가는 절차 · 47

혼자 사는 노파는
멀리 돈 벌러 간 자식이
돌아올 때까지 살아 있으려고
마당에서 민들레를 뜯어 무쳐 먹고
두둑에서 돼지감자를 캐 깎아 먹고
고랑에서 쇠비름을 뽑아 삶아 먹고
뒤란에서 머위를 베어 데쳐 먹은
혼자 사는 노파는
멀리 돈 벌러 간 자식이
돌아올 때까지 죽지 않으려고
밥도 해 먹었다

죽음에 다가가는 절차 · 48

태어날 땐 시인이 아니었다가
살아가면서 시인이 되었던
대다수가 시인으로 죽지 못하고
아버지와 남편으로 죽었다
이런 실상이 떠오를 땐
나는 시인으로 죽을 수 있을지
심히 의문스러워 한다
시인한테 죽음에 다가가는 절차가
따로 달리 있지 않다는 걸
아는 데 일평생 걸리고 나서도
나는 시 쓰다가 죽어야
시인이라고 믿는다
모든 시인은 죽었으나
모든 시가 죽지 않았다는
사실만 오로지 실제다

죽음에 다가가는 절차 · 49

나는 공부하고 있다*
누군가는 알지도 모를 공부
누군가는 모를 수밖에 없는 공부
누군가는 생전에 하고 싶지 않을 공부
죽음에 다가가는 절차에 대한 공부에
나는 몰두하고 있다
스스로 작아지는 것을 첫 절차로
제자리에서 불려 나오지 않는 것을 다음 절차로
지상에서 사라지는 것을 다다음 절차로
사람들에게 잊히는 것을 마지막 절차로
나는 터득하고 있다
나를 키워준 분들 앞에서 작아지고
남의 자리를 탐하지 않고
이승에 미련을 두지 않고
모두에게 아무것도 아닌 상대임을
나는 배우고 있다
내가 하는 공부가

다시 태어나면 시인이지 않기를 바라는 수준보다

결코 이세상에 다시 태어나지도 않으며 결코 저세상에 머물러 있지도 않는다는 수준보다

이렇게 쓰는 시도 죽음에 다가가는 절차라는 사실에 도달했으면 한다

---

* 홍윤숙의 시 「마지막 공부」에 이런 구절이 있다. '나는 아무도 모르는 마지막 공부에 골몰하고 있다 / 잊혀지고 작아지고 이윽고 부서져 사라지는 법을'

죽음에 다가가는 절차 · 50

불에 날아들어 파닥거리다 죽은 불나방처럼
내가 시에 빠져 펄떡거리다가 죽었다

나의 유작시가 문학지에 실렸어도
독자가 보지 않았고
나의 유작시집은 서점에서 반품되어
출판사에 쌓였다

나는 살아 있었던 한때
독자 일부에게 주목받던 시인이었다
당대 여러 인간을 등장시킨
나의 시는 문제작이었고
나의 시집은 필독서였지만
독자들이 내면을 들여다보는 시절이 왔을 땐
칼날에 베인 종이같이
간단하게 절판되었다

내 사후에 내 시는
몇몇 문우만 몇몇 편 읽었고
대다수에게 읽히지 않았다

죽음에 다가가는 절차 · 51

나는 죽고 나서
살았을 때를 돌아보았다
내가 별것 아니었다
초년엔 어딘가에 가서
비가 되고 싶었는데 비가 되지 못했고
중년엔 무언가에 부딪쳐서
먼지가 되고 싶었는데 먼지가 되지 못했고
말년엔 아무 데나 서서
바람이 되고 싶었는데 바람이 되지 못했다
시를 많이 썼으나
실패작이 많았다
시인으로 살아 있고 싶었으나
죽고 말았다
나는 죽은 뒤에도
별것 아니었다
어딘가로 스며들고
무언가에 섞이고

아무 데나 흩어지긴 했으나

비도 되지 못했고

먼지도 되지 못했고

바람도 되지 못했다

다만 내가 죽은 뒤에

이렇게 이런 시가 써졌다, 별것처럼

죽음에 다가가는 절차 · 52

육체가 쓸 수 있는 시가 있고
영혼이 쓸 수 있는 시가 있고
육체와 영혼이 없어진
무인無人이 쓸 수 있는 시도 있다고
죽어서 나는 생각한다
무인이 시를 쓸 수 있다면
아무나 아무 데서나 아무 때나 아무렇게나 시를 쓸 수 있다
나무는 나무의 어법으로 시를 쓰는데
인간이 인간의 어법으로 읽지 못하는 것이다
벌레는 벌레의 어법으로 시를 쓰는데
인간이 인간의 어법으로 읽지 못하는 것이다
바람은 바람의 어법으로 시를 쓰는데
인간이 인간의 어법으로 읽지 못하는 것이다
내가 죽어서 시를 쓰는 것은
살아서 시를 다 쓰지 못했기 때문,
죽으면 육체도 영혼도 없어진다고 주장했던 내가
그래서 죽어서도 이렇게 시를 쓴다

이것이 이해되지 않는다면

죽은 자는 죽은 자의 언어로 시를 쓰는데

산 자가 산 자의 언어로 읽을 수 없을 뿐이라고 할밖에

죽음에 다가가는 절차·53

임종을 일상으로 받아들이려는
중년의 내가 유언장을 쓰고 있었다
죽은 내가 뒤에서 들여다보며
그 문장을 쓰지 말라는데도
중년의 나는 방금 쓴 그대로 뒀다
죽은 내가 옆에서 들여다보며
다음 문장엔 마침표를 찍으라는데도
중년의 나는 방금 쓴 그대로 뒀다
죽은 내가 앞에서 들여다보며
마지막 문장에 한 문장을 더 보태라는데도
중년의 나는 방금 쓴 그대로 뒀다
말뜻을 알아들었을 텐데도
중년의 나는 죽은 나를 무시하였다
그래도 불시에 닥칠 임종에 대비하여 쓴
유언의 내용을 한마디로 줄이면
살아온 대로 죽어가도록 해달라는 정도여서
죽은 나는 중년의 나를 채근하지 않았다

중년의 내가 하룻밤 생각해 보고는

죽은 내가 한 말을 이해했는지

다음날부터 틈틈이 유언장을 고쳐 쓰기 시작하면서

초로를 지나고 말년을 맞이했다

그때까지 유언장은 탈고되지 않았다

죽음에 다가가는 절차 · 54

죽은 나는 육체와 영혼이 없었다
노년의 나와 유년의 내가 치는
장난을 함께 치지 못했다
그들은 흔들흔들 손짓발짓했다
노년의 나와 유년의 내가 나누는
잡담을 함께 나누지 못했다
그들은 재잘재잘 지껄였다

노년의 나는 혼자 우울하였다
유년의 나는 혼자 명랑했다
죽은 내가 가까이 있어도 인사하지 않았다
노년의 나는 바닥을 내려다보았다
유년의 나는 하늘을 올려다보았다

노년의 내가 유년의 나를 짓시늉했다
유년의 내가 노년의 나를 짓시늉했다
서로 짓시늉하는 그들을

죽은 내가 짓시늉해도 반응이 없었다

노년의 나와 유년의 나는 끼니때마다
배고파 먼저 밥을 먹으려고 다투었다
죽은 내가 말리면 그들이 나를 밀쳐냈다
육체와 영혼이 없는 죽은 나는
슬퍼하지도 기뻐하지도 않았다

죽음에 다가가는 절차 · 55

죽은 내가 생전에 만든 적 없는
나의 더미*와 마주쳤다
죽은 나는 늙었는데
나의 더미는 젊었다
죽은 나는 한 명이지만
나의 더미는 여러 명 있을 수 있겠다 싶어
죽은 나는 나의 더미를 살폈다
나의 더미에는 아닌 게 아니라
앞날이 보이지 않아 절망하는 청년1도 있었고
시를 고쳐 쓰며 방황하는 청년2도 있었고
혁명의 구호를 외치는 청년3도 있었다
그보다 더 많은 청년들이 제각각
취업이나 식사나 취침을 하기 위하여
이력서를 썼고 수저를 들었고 침대에 누웠다
내가 죽었는데도
나의 더미들이 일상에서 제 할 일 하는 모습이 한꺼번에
보였다

죽은 내가 나의 더미들에게 다가갈 때
청년1은 이마를 책상에 대고 울고 있었고
청년2는 원고지를 불태운 재에 흙을 덮고 있었고
청년3은 바리게이트 앞으로 나아가고 있었다
내가 죽은 뒤에도 그렇게 살아 있는 나의 더미들에게
누구에 의해 만들어졌느냐고 묻지 않았다
나의 더미도 죽은 나에게 아무것을 묻지 않았다
그냥 서로 한참 동안 쳐다보았다

* dummy

생과 비생을 둘러싼 말년의 양식

홍승진

불에 날아들어 파닥거리다 죽은 불나방처럼
내가 시에 빠져 펄떡거리다가 죽었다
—「죽음에 다가가는 절차 · 50」 1연

1. 들어가며

나는 잘난 체하는 게 좋다. 겸손이 어째서 미덕이어야
하는지를 아직도 잘 모르겠다. 이 글도 잘난 체다. 유치원에
다닐 때는 가위질을 못한다고 나만 따로 남아서 색종이를
오렸다. 그때부터였을까. 내가 이 세상에 잘못 태어났다는
느낌에 휩싸인 것은. 남자애들이 공을 갖고 놀 때마다 깍두기

를 하고 싶었다. 내 몸은 점점 더 굳어져가고, 앉아서 다리를 뻗은 채로는 손끝이 발끝에 닿질 않았다. 믿겨지질 않았다. 잇몸에서 피 냄새가 풍기는데도 모래밭을 달려야 한다는 일이. 달리기 등수에 따라 손등에 도장을 찍어줬다. 멍든 자국 같았다. 운동회가 끝나면 그 도장에 따라서 상을 받았다. 내게는 연필 몇 자루와 일기장뿐이었다. 그걸로 글을 쓰면서 부터 잘난 척하는 삶이 시작되었다.

글은 몸이라는 사슬로부터 나를 잠시나마 해방시킨다. 레프 톨스토이는 『사람은 무엇으로 사는가』라는 동화책에서 사람이 사랑으로 산다고 썼다. 준비물을 챙기지 않은 수업 시간에 그 책을 읽었다. 사람이 무엇으로 살긴, 준비물로 살지. 그런 말로 선생님은 초등학생을 짓밟으려고 했다. 엎드려뻗치게 하고 커다란 주걱으로 엉덩이를 때렸다. 주걱에 신神이 내렸다고 했다. 나무로 된 주걱신은 학생들이 준비물을 가지고 오게 하는 선생님의 준비물이었다. 헛되고 헛된 준비물들은 내게 신이 아니다. 몸이 아픔을 겪고 난 다음에는 글 속에서 사랑이라는 이름의 신과 마주할 수 있다.

내가 잠자리에 들 때마다 엄마는 내 머리맡에 속삭였다. 나는 사는 게 너무 허무해. 나이 서른이 되면 더 이상 어떻게 살까 싶었어. 죽어도 허무하지 않은 건 하나뿐이야. 역사에 이름을 남기는 거지. 너라도 꼭 역사에 이름을 남겼으면 좋겠 다. 그런 말로 엄마는 아들을 사랑했다. 엄마의 목소리는 내 꿈결 속으로 흘러들었다. 나는 역사에 이름을 남기는 법이 글 속에 있다고 믿는다. 오직 글만이 내가 이 세상에 잘못 태어났다는 느낌을 지워주니까.

발터 벤야민에 따르면 아우라Aura는 "가까이 있더라도 아득히 멀게 느껴지는 것의 일회적인 나타남"이다(발터 벤야민, 심철민 옮김, 『기술적 복제시대의 예술작품』, 도서출판 b, 2017, 29쪽). 비록 내가 사람들과 가까이 어울려 있더라도, 글 속의 나는 그들의 뇌리에 번개처럼 아득한 충격으로 나타나길 바란다. 벤야민의 아우라 개념은 신神의 다른 이름으로 내게 자꾸 읽힌다. 나에게 글은 내 속에서 신의 다른 이름을 찾아내는 일이다.

글 쓰는 사람들은 다음에 다다라서 거기에 제 이름을 새겨 놓는다. 나는 그들의 글에서 다음을, 또 다음을, 다시 다음을 닥치는 대로 읽어내고자 한다. 아직 누구의 이름도 적히지 않은 그 다음에 가닿으려고, 거기에 나만의 이름을 적을 자리가 있을 것이다. 인간이 살아서 도달할 수 있는 궁극의 다음은 무엇일까? 죽음뿐이다. 자기만의 서명을 지닌 작가들의 작품은 모두 그들 자신의 무덤이자 묘비명이다. 그러나 인간은 죽음을 결코 상상하지 못한다. 죽음은 영원한 미지이기에 인간으로부터 멀다. 글이 읽히고 쓰이는 순간 속에서 죽음의 체험은 태어난다. 결국 죽음은 신이며 글은 아우라이다. 글을 읽고 쓰는 일은 드물게 다가오는 삶과 죽음의 갈림길에서 미리 방황해보는 인간의 몸짓이다.

죽음을 미리 살아낸다는 일은 곧 고정된 인식의 틀을 확장시킨다는 일이다. 문학은 이미 알고 있는 내용을 비유나 상징이나 이미지로 꾸며내는 것이 아니다. 그런 문학은 기존의 지식이나 논리나 개념으로 다 환원될 수 있다. 때문에 거기서 의미를 읽고 나면 가치를 완전히 잃어버리게 되며 두 번 다시 읽고 싶지 않은 것이 되고 만다. 알맹이를 꺼내고 나면 더 이상 쓸모가 없어지는 포장지처럼. 그러나 죽음이 박혀 있는 문학 속에는 이미 잘 알려진 개념으로 포착할 수 없는 무엇인가가 있다. 죽음을 자기 시에 녹여내는 시인은 다음의 말로 그러한 상황을 적실하게 표현한다. "나의 사유와 상상이 확장(확대)했는지 집중(심화)했는지 갱신(진화)했는지 스스로 궁금하다(「시인의 말」)." 영원한 미지, 영원한 다음으로서 죽음. 시인이 그 죽음으로 육박해가는 과정은 시인이 미리 전제하거나 의도한 논리를 스스로 이탈한다. 따라서 죽음을 다루는 시는 그 시를 쓰는 자에게 섬뜩한 낯섦, 당혹스러운 배반, 단일한 주체를 찢어내는 균열이다. 시인뿐만 아니라 독자도 그것을 개념적 언어로 설명 불가능하다. 그러나 그것은 초현실주의나 해체주의가 말하는 독해 불가능성 또는 무의미 따위와 거리가 멀다. 죽음은 아직 우리에게 주어진 논리로 온전히 포착될 수 없는 것일 뿐만 아니라, 끊임없이 우리에게 질문을 강요하는 것이기 때문이다. 언젠가 그 의미가 밝혀질지 모르더라도. 설령 영원히 그 의미가 밝혀지지 않을지라도. 죽음과 그것이 내재된 문학은 우리를 응시하는 동시에 우리의 응시를 욕망한다. 그리하여 우리는 그것을 끝없이 되풀이하여 읽고자 욕망한다. 그 과정에서 우리의 인식은 확장된다.

그래서 나는 하종오의 글에게 사랑을 느끼고 만다. 하종오는 자신이 죽어가는 과정을 과장 없이 집요하게 글로 쓰는 진귀한 시인이다. 그러한 경향은 그의 시집『초저녁』(도서출판 b, 2014)에서 드러나기 시작하여 이번 시집『죽음에 다가가는 절차』에 이르러 본격화되었다. 독자 중 누군가는 죽어가는 과정에 대한 하종오의 시적 천착을 실제 시인의 물리적인 나이와 관련시켜서 생각할지도 모른다. 하지만 나는 그러한 해석의 가능성을 우려한다. 죽음을 미리 살아내는 문학은 그 작가가 얼마나 늙었는가와 별로 관련이 없는 문제다.

하종오는 1954년생이다. 평균수명이 100세를 내다보는 이 시점에서 하종오의 연령은 절반을 겨우 넘은 수준에 불과하다. 특히나 이 시집에서는 죽어가는 과정을 특정한 연령대에 국한하지 않는다. 그는 "마당에서 잔돌을 던지며 놀던 아이 시절"마저도 "죽음에 다가가는 절차"의 하나라고 비정하게 말한다(「죽음에 다가가는 절차·37」). 지금 이 글을 쓰는 나는 서른 살이다. 그래도 나는 삶을 앞질러 나만의 죽음을 상상히고 질박하게 예감하는 가운데 한 줄의 글을 쓸 수 있을 것이다. 그렇게 쓰인 글은 지금의 내 나이와 아무런 관계없이 말년의 문학을 선취한 것과 같다. 시인은 나이가 많이 들어서 죽음에 가까워졌기 때문에 죽음에 관한 시를 쓰는 것이 아니다. 정확하게 말하자면 하종오의 시편은 인간의 삶 전체가 곧 죽음에 다가가는 절차라는 자각에서 비롯한다.

2. 비생非生에 다가서서 바라보는 생生

하종오의 말년 시편은 각 편들을 따로따로 떼어놓고 읽어보아도 충분히 아름답다. 하지만 첫 1번부터 마지막 55번까지를 통째로 한 편의 시로서 읽을 때, 그 커다란 경이로움은 우리를 삼켜버리고 만다. 하종오의 최근 시는 하나의 주제를 힘 있게 밀어붙이는 연작시 성격을 띠고 있다. 『겨울 촛불집회 준비물에 관한 상상』(도서출판 b, 2017) 연작은 촛불 혁명이라는 사건 속에서 역사적 변혁의 의미를 충격적으로 담담하게 성찰하는 데 있어서 매우 적합한 형식이었다. 이러한 경향 가운데서도 하종오의 말년 시편은 연작시의 성격이 유독 두드러진다. 이 시집은 "살아 있는 내가/죽은 후의 일을 상상하는" 부분, 그리고 "살아 있는 나를/죽은 후의 내가 되돌아보는 상상"하는 부분, 이렇게 두 부분으로 이어지기 때문이다. 죽음 이후를 가리킬 만한 인간의 언어는 존재하지 않으므로, 다만 전자를 '생生'으로, 후자를 '비생非生'으로 나누어 불러보도록 하자.

시집의 전반부는 '생生'에 해당하는 부분이다. 다시 말해서 죽기 이전의 시적 화자가 삶 쪽에서 서서 죽음 이후를 바라보는 것이다. 이때 시적 화자는 나 자신을 비롯한 이웃들의 죽음과 그에 얽힌 사연들을 찬찬히 살펴나간다. 놀라운 점은 이 시집 어디에서도 죽은 이들에 관한 애도mourning의 낌새를 찾아보기가 어렵다는 사실이다. 한 사람이 누군가를 사랑한다는 일은 그 누군가를 자신의 마음속에 밀어 넣는 일이다. 사랑했던 사람을 잃어버리더라도, 그 사람은 헤어지기 이전의 모습 그대로 자신의 마음속에 남아 있을 것이다. 인간이 일상의 삶에 안주할 수 있으려면, 예전에 사랑했으나 지금은 사라진 타자에의 기억을 자기 마음속에서 지워버리고 그 자리에 새롭게 사랑하게 된 타자를 채워 넣어야 한다. 그렇지 않으면 상실된 타자에의 기억을 마음속에 간직한 채 슬퍼할 수밖에 없다. 이를 곧 애도라고 부른다. 하지만 하종오의 말년 시편에는 그러한 애도의 성격이 흐릿할 따름이다. 자기와 가까운 이들의 죽음을 시적으로 형상화한 작품에서도, 상실된 타자를 기억하고 그 기억으로 인하여 슬퍼하는 태도는 거의 찾기 어렵다.

하종오가 자신을 비롯한 타자의 죽음 앞에서 슬퍼하지

않는 까닭은 도대체 무엇일까? 나는 그 이유를 다음과 같이 생각해본다. 시인은 죽음을 관조하는 자가 아니라 죽음을 몸소 겪는 당사자이기 때문이라고. 죽음을 슬퍼하는 자는 이미 그 죽음으로부터 거리를 두고 있는 관조자이다. 반면에 죽음의 당사자에게는 슬픔이 끼어들 간격이 없으며 다만 죽음이라는 냉엄한 사실을 받아들여야 하는 일만이 주어져 있다. 예를 들어 말년 시편의 시적 화자는 어떤 사람이 다른 사람들보다 먼저 죽거나 나중에 죽는다는 지극히 평범한 사실을 새삼스레 받아들이고자 한다. 시적 화자는 "누가 먼저 죽고 누가 나중 죽은" 일들이 "실제로는 누가 누구를 위해서가 아니었다"고, 오로지 "자기 자신을 위"는 일이었다고 비정하게 읊조린다(「죽음에 다가가는 절차・11」). 죽음에 다가가는 절차는 오직 내가 고스란히 감당해야만 하는 내 삶의 과정일 뿐이다. 죽음이 내 삶의 일부분인 것처럼 내 삶은 죽음의 일부분이다. 그러므로 "죽음에 다가가는 절차는 결국/삶에 다가가는 절차가 되"는 것이다(「죽음에 다가가는 절차・31」). 이와 같이 '생生' 부분에 해당하는 이 시집의 전반부는 죽음에 다가가는 절차를 오직 자기 자신만의 문제로 받아들이는 고독의 자세를 견지하며, 삶과 죽음의 동시성을 충격적이라 할 만큼 비정하게 직시한다.

　　말년 시편의 시적 화자는 죽음에 관한 양가적 의식 사이에서 헤매고 있다. 한편으로 시적 화자는 죽음에 관하여 무심하고 비정한 태도를 드러낸다. 다음과 같은 대목은 죽음에 관한 시적 화자의 견해를 물기 없이 압축해놓고 있다. 아직 삶을 살고 있는 시적 화자는 죽음을 바라보며 "죽음은 이세상을 떠나는 것이고/죽음은 이세상에 몸도 영혼도 없어지는 것이고/죽음은 이세상에 다시 돌아오지 못하는 것"이라고 진술한다(「죽음에 다가가는 절차・28」). 죽음 이후를 절대적인 공허와 이 세상과의 완전한 단절로 생각하는 것이다. 그러므로 죽음 이후에 자기 존재가 흔적도 없이 사라질 것을 두려워하지 않는다. 오히려 "나로 해서 생긴 기억이 있다면 누구라도 망각하기를" 바란다(「죽음에 다가가는 절차・5」).

다른 한편 시적 화자는 죽음 앞에서 단 하나의 미련을 떠나보내지 못한다. 그것은 자신이 온 삶을 바쳐왔던 시인으로서의 정체성이다. 시적 화자는 위트 섞인 질문을 제기한다. 왜 저자의 관 속에는 그 사람의 저서를 넣어주기도 하면서, 독자의 관 속에는 아무것도 넣어주지 않는 것일까? 자신은 글 읽기를 좋아해서 글을 읽다가 죽고 싶다고 생각하기도 한다. 그러나 독자로 죽는다면 사람들이 자신의 관에 아무것도 넣어주지 않을 거라는 생각에 독자로서 죽고 싶다는 바람을 단념한다. "저자가 죽으면 입관할 때/저서를 함께 넣기도 한다는데/독자가 책 읽다가 죽어 무덤에 묻힐 때/애독서를 부장하는 관습이 없는 시대에/애독자로 시집을 읽다가 죽기를 원하다가도/시인으로 시를 쓰다가 죽고 싶었다(「죽음에 다가가는 절차·7」 마지막 연)". 시인으로 시를 쓰다가 죽고 싶었다는 말은, 죽은 자신의 관 속에 자기가 썼던 시가 부장되기를 바란다는 뜻이다. 시적 화자는 죽은 뒤에도 자신과 이 세상을 이어줄 수 있는 유일한 끈으로서 시를 쓰는 것이다. 앞서 시적 화자는 죽음을 철저한 단절과 무화로 바라보았다. 그렇게 죽으면 아무것도 남지 않는다고 했음에도 자기 관에 자신의 시가 함께 묻히기를 바라는 것은 모순이지 않은가? 시적 화자는 비정하게 죽음을 앞두고 있으면서도 끝끝내 시인으로서의 정체성만은 포기하지 못하고 있는 것이다. 저자가 아니라 독자로서 죽는다면 이 세상에 자신의 흔적을 아무것도 남기지 못할지도 모른다는 두려움으로.

그렇다면 삶 쪽에 서서 죽음을 바라보는 시적 화자는 어째서 이처럼 모순적이고 양가적인 태도를 드러낼까? 아무리 죽음 이후에 아무것도 남지 않는다고 상상해보더라도 그것은 상상일 뿐이기 때문이다. 아직 삶을 살고 있는 한, 죽고 난 뒤에 어떠한 풍경이 펼쳐질지는 누구도 알 수 없는 일이 아니겠는가. 「죽음에 다가가는 절차·39」는 삶 쪽에서 죽음을 바라보는 일의 한계와 절망감을 적나라하고 아름답게 표현해놓고 있다. 이 시는 마법적 상상력을 그로테스크하게 펼치면서도 그 상상력의 한계까지도 너무나 솔직하고 정교한 시적 기법을 통하여 제시함으로써 시집 전반부 가운데 우뚝하게 자리한다.

나는 불 끄고 간이침대에 누워

배꼽 위에 양손을 얹고 깍지 낀다

내가 실제로 칠성판에 뉘어 있다면

아무런 상상도 할 수 없을 지금,

간이침대를 둘러싼 어둠이

관이 되어 나를 입관한다

나는 오랜 날 간이침대에 누워 잠잤으며

다시 깨어나지 않기를 바란 날이 많았는데

오늘 입관되어 죽음을 상상하는 밤에

관 속으로 들어온 것들이 나를 건드린다

등 쪽으로 기어온 벌레가 나를 깨우고

옆구리 쪽으로 흘러온 물줄기가 나를 적시고

다리 쪽으로 다가온 소나무가 나를 일으켜 세운다

내가 벌떡 일어나 관 뚜껑을 열고 나오면

어둠이 밀려나서 깊어진다

한순간 간이침대는 삐걱대다가 멎고

도무지 죽음이 상상되지 않아

나는 방 한가운데 우두커니 선다

처음 1연에서 시적 화자는 "불 끄고 간이침대에 누워"
죽음을 상상한다. "간이침대를 둘러싼 어둠이/관이 되어
나를 입관한다"고 상상하는 것이다. 그러나 이 지점에서부터
모종의 모순 또는 균열이 발생한다. 왜냐하면 시적 화자가
생각하기에, 죽은 뒤에는 육신도 영혼도 다 사라지기 때문에
상상한다는 행위 자체가 불가능한 것이다. 죽음을 상상한다
는 행위 자체가 아직 죽지 않고 살아 있다는 증거 아닌가.
"내가 실제로 칠성판에 뉘어 있다면/아무런 상상도 할 수
없을" 것이다. 내면의 상상을 통해서는 죽음 이후의 세계로
침잠하지만, 상상을 하고 있는 시적 화자 자신은 아직 죽음의
외부에 존재한다. 죽음으로 빠져드는 내면 의식과 아직도
죽음에 비껴서 있는 외부 현실 사이의 괴리. 이러한 괴리가
시적 정황을 기묘한 분위기로 가득 채우고 있는 것이다.
　다음으로 2연부터 3연까지는 시적 화자가 죽음을 본격적
으로 상상하기 시작하여 그 상상의 세계 속으로 침잠하는
과정을 그리고 있다. 2연에서 "죽음을 상상하는 밤에/관
속으로 들어온 것들이 나를 건드린다"라는 구절은 허구적
관념에 불과한 상상이 구체적이고 물질적인 몸을 입는 순간
의 절묘한 표현이다. 허구와 실재, 관념과 현실 사이를 매끄럽
게 교차시키는 기법은 하종오 시 고유의 특징이자 득의의

영역이다.

상상일 뿐인 죽음의 세계를 생생하게 체험시킨 뒤, 3연은 죽음 속으로 초대된 독자들에게 죽음의 그로테스크한 풍경을 충격적으로 펼쳐 보인다. 상상의 죽음으로부터 실재의 죽음으로 유도된 독자들에게 3연이 얼마나 끔찍하고 소름끼치게 느껴질지 상상해보라. 하종오 시인은 3연의 그로테스크한 충격 효과를 극대화시키기 위하여 독자들을 죽음의 바깥쪽에서 죽음의 안쪽으로 이끌었던 것이다. 그 죽음 이후의 풍경에는 일말의 낭만적 초탈함도 느껴지지 않는다. 죽음은 다만 "벌레"나 "물줄기"나 "소나무" 따위가 나의 주검을 건드리게 되는 일일 뿐이다. 인간을 인간답게 해주는 것이 모두 다 사라지고 하릴없이 자연 사물의 일부가 되는 것이 죽음의 맨얼굴이다. 죽음의 맨얼굴을 똑바로 들여다보는 일만큼 무서운 일이 또 어디 있을까? 이처럼 시는 독자에게 공포를 강제한다.

마지막 4연이 이 작품의 압권이다. 여기에는 모종의 아이러니가 있다. 4연의 1행과 2행에 이르기까지 시적 화자는 아직 죽음 이후의 상상적 풍경 속에 머물러 있다. 죽음 이후를 알고자 하는 사람의 바람이란 그만큼이나 짙고 깊을 것이다. 그러나 4연의 4행과 5행에 이르러 시적 화자는 지금까지 독자를 유인했던 상상이 모두 속임수이자 헛것이었음을 드러내 보여준다. 1~2행과 4~5행 사이, 3행의 삐걱거리는 소리는 죽음 이후에 관한 상상과 죽음 이전의 현실이 화해하지 못하고 삐걱대는 소리다. 상상과 현실 사이의 삐걱거림, 죽음과 삶 사이의 불협화음을 이 작품보다 더 비감하고 솔직하게 드러낼 수 있을까.

이 시의 참된 성취는 단순히 죽음 앞에서 개인적인 심경을 시적으로 형상화했다는 데 그치지 않고 새로운 리얼리즘 시의 미학을 건드리는 데까지 나아간다. 전통적으로 서정 양식은 상상과 현실 사이에 모순이 존재한다는 사실을 용납하지 않는다. 예컨대 '내 마음은 호수요'라는 상상은 서정시 속에서 단순히 허구적 상상이 아니라 현실화된 상상으로 받아들여져야 한다. 어떠한 독자라도 '내 마음은 호수요'라는 상상이 한낱 속임수이며 거짓이라고 이죽거릴 수는 없다. 그런 독자는 서정시의 문법을 모르는 사람으로 치부될 따름이다. 하지만 하종오식 리얼리즘은 상상과 현실 사이에 가로놓인 심연을 회피하지 않음으로써 기존 서정의 문법을 거침없이 넘어선다. 그와 동시에 하종오식 리얼리즘은 독자들의 시선이 상상과 현실 사이의 간극을 응시하도록 한다. 고개 돌리지 말고 똑바로 쳐다보라고. 현실에 발 딛고 사는 이에게 죽음 이후를 상상한다는 것은 그저 허구일 뿐이라고. 죽음 앞의 두려움과 고통을 상상 속에서 해결하려는 거짓말에 위로받거나 속지 말라고. 오로지 상상과 현실 사이의 단절과 그로 인한 비참함에 침잠하라고 시인은 이야기한다. 비참함에 침잠하지 않는다면 우리는 죽음에 관한 물음을 그만 멈춰버리고 말 것이기에.

「죽음에 다가가는 절차·50」부터 시적 화자는 죽음을 맞이한다. 여기부터가 시집의 후반부, 즉 비생非生 쪽에서 생生을 건너다보는 부분에 해당한다. 이는 죽음 이후에 관한 상상과 전혀 다르고, 상상과 현실의 화해와도 거리가 멀다. 여기에서 시인은 죽음 이후에 관한 상상을 통해 독자를 안심시키는 데 아무런 관심이 없다. 그런 까닭에 나는 일부러 '죽음 이후'라는 표현 대신에 다만 삶이 아닌 영역, 즉 '비생非生'이라는 말을 만들어 쓰고 있는 것이다. 비생非生의 영역에서 시적 화자가 도달하는 결론은 끔찍할 만큼 단순하다. "나는 죽은 뒤에도/별것 아니었다"는 것이 전부다. 하종오의 말년 시편은 일반적으로 독자가 한 예술가의 말년 작품에서 기대하는 어떠한 거짓 위로도 용납하지 않으며, 자신의 예술 세계를 완성해가는 자의 원숙함도 가장하지 않는다.

그러나 죽음 앞으로 미리 달려간 하종오의 인식은 그 다음으로 확장되면서 충격을 선사한다. 죽음은 영원한 다음이기 때문이다. 그 다음이란 도대체 무엇인가? "나는 죽은 뒤에도/별것 아니었다"는 깨달음 자체가 곧 "별것처럼" 한 편의 "시가" 된다(「죽음에 다가가는 절차·51」). "육체와 영혼이 없어진/무인無人이 쓸 수 있는 시도 있다고/죽어서 나는 생각"한다는 것이다(「죽음에 다가가는 절차·52」). 죽은 뒤에도 별것 아니었다는 체험이 대체 어떻게 별것처럼 한 편의 시가 될 수 있는가? 죽어서 육체와 영혼이 없어진 비인간이 쓸 수 있다는 시는 무엇이란 말인가? 바로 이 지점에서 우리는 놀라운 역설을 읽어야 한다. 흔적을 지우려는 몸짓 자체가 또 하나의 흔적이 되는 역설을. '태양 아래 새로운 것은 없다'는 문장 자체가 새로운 표현이었다는 역설을.

흔적을 지우려는 몸짓이 또 하나의 흔적이 되는 역설은 일종의 사후성Nachträglichkeit을 만들어낸다. 앞서 나는 이 시집을 크게 두 부분으로 나누어 보고자 했다. 전반부는 삶 쪽에서 죽음을 바라보는 시편에 해당한다. 여기에서 시적 화자는 죽음을 몸도 영혼도 없어지는 것이라고 사유하였다. 이는 죽음 앞에서 삶의 미련을 지우려 하는 몸짓과 같다. 그러나 전반부에서 시적 화자는 끝까지 시인으로 시를 쓰며 살다가 죽고 싶다는 희망만을 남겨두었다. 요컨대 죽음에 다가가며 삶의 흔적을 지우려 하되, 시인이라는 이름답게 죽겠다는 바람만큼은 놓지 않은 것이다. 반면에 후반부는 비생非生 쪽에서 생生을 건너다보는 시편에 해당한다. 여기서 시적 화자는 실제로 죽어보니 몸도 영혼도 없어졌으며 별것 아닌 무인無人이 될 뿐임을 경험하였다. 그러나 그렇게 스스로의 흔적을 지운 상태는 별것처럼 한 편의 시라는 흔적으로 전환되었다. 이때 흥미로운 점은 후반부에서 시적 화자가 겪은 내용이 전반부의 과정 전체를 가리킨다는 사실이다. 죽어서 삶의 흔적을 지운 상태가 시라는 흔적으로 전환된다는 후반부의 역설은 죽음 앞에서 삶의 흔적을 지우려 하되 시인으로서의 죽음에 대한 바람을 저버리지 못한다는 전반부의 역설과 상통한다. 후반부 이전에 전반부는 삶 쪽에서 죽음 쪽을 바라보는 시편이었다. 그러나 후반부는 죽어서 몸도 영혼도 없는 무인無人이 쓰는 시가 바로 그 앞에 놓인 전반부 시편과 다르지 않음을 보여준다. 후반부는 전반부의 의미를 사후적으로 재구성하고 있는 것이다. 박근혜 탄핵 국면에서처럼 민주주의가 죽음의 위기에 맞닥뜨린 상황 속에서 그보다 시간적으로 앞선 1960년 4월 민주화 혁명, 1980년 5월 광주, 1987년 6월 항쟁 등 한국 민주주의의 원천적 사건이 새로운 의미로 호출되듯이. 후반부의 시편은 흔적을 지우려는 몸짓 자체가 다시 흔적이 되는 역설 속에서 사후성이라는 시간의 놀이를 역동적으로 형상화한다.

죽은 나는 육체와 영혼이 없었다
노년의 나와 유년의 내가 치는
장난을 함께 치지 못했다
그들은 흔들흔들 손짓발짓했다
노년의 나와 유년의 내가 나누는
잡담을 함께 나누지 못했다
그들은 재잘재잘 지껄였다

노년의 나는 혼자 우울하였다
유년의 나는 혼자 명랑했다
죽은 내가 가까이 있어도 인사하지 않았다
노년의 나는 바닥을 내려다보았다
유년의 나는 하늘을 올려다보았다

노년의 내가 유년의 나를 짓시늉했다
유년의 내가 노년의 나를 짓시늉했다
서로 짓시늉하는 그들을
죽은 내가 짓시늉해도 반응이 없었다

노년의 나와 유년의 나는 끼니때마다
배고파 먼저 밥을 먹으려고 다투었다
죽은 내가 말리면 그들이 나를 밀쳐냈다
육체와 영혼이 없는 죽은 나는
슬퍼하지도 기뻐하지도 않았다

—「죽음에 다가가는 절차·54」 전문

위 작품에는 "유년의 나", "노년의 나", "죽은 나", 이렇게
세 명의 인물들이 등장한다. 현실적으로 "유년의 나"와 "노년
의 나"와 "죽은 나"가 동시적으로 같은 장소에 있을 수 없다.

예를 들어 "노년의 내가 유년의 나를 짓시늉"한다거나 "유년의 내가 노년의 나를 짓시늉"한다는 것은 실제로 우리가 몸담고 있는 물리적 시간 속에서 결코 일어날 수 없는 일이다. 그러나 "죽은 나"의 시야 속에는 "유년의 나"와 "노년의 나"가 같은 때와 같은 곳에서 공존하며 상호작용한다. 그렇다고 위 작품이 추상적이거나 초월적인 무시간성을 지향하는 것은 아니다. 오히려 이 시에서 유년이라는 과거, 노년이라는 현재, 죽음이라는 미래는 서로 포개졌다가 떨어져나가고 다시 종합되기도 한다. 즉 시간교란anachrony의 운동성을 강하게 뿜어내고 있는 것이다. 하종오의 말년 시편은 삶과 죽음이 절대적으로 단절되어 있다고 간주하거나 죽음에서 삶으로의 회귀가 불가능하다고 보는 직선적 시간관을 가지고 있지 않다. 말년 시편 속에서 삶은 매 순간마다 죽음을 미리 앞당겨옴으로써 스스로의 의미를 새롭게 조명하며, 죽음은 늘 삶의 곁에 자리를 잡고 있다.

위에 인용한 시는 그러한 시간의 순환성을 매우 리드미컬하게 표현해낸다. 이는 작품 각 연의 주어를 정묘하게 변주하는 기법으로써 잘 나타난다. 먼저 1연을 이루는 문장 속에서 전체적으로 의미상 주어가 되는 것은 "죽은 나"이다. 다음으로 2연과 3연에서 행위 주체는 "노년의 나"와 "유년의 나"다. 마지막 4연에서 1~2행의 주어는 "노년의 나"와 "유년의 나"인 반면에 4~5행의 주어는 "죽은 나"이다. 그 사이에 해당하는 4연 3행은 "그들(노년의 나와 유년의 나)"과 "죽은 나"가 한 문장 속에 대등한 주어로 나란하게 놓여 있다. 시인은 위 시에서 행위나 인식의 중심 초점을 미래의 "죽은 나"에서(1연) "노년의 나"와 "유년의 나"로(2~3연), 다시 "노년의 나"와 "유년의 나"로부터 "죽은 나"로(4연) 변주시키고 있는 것이다. 이를 통하여 미래에서 과거를 바라보고, 과거가 미래와 접촉하며, 다시금 미래가 과거를 현재화하는 시간의 율동적 운동이 생생하게 제시된다.

그중에서도 특히 3연과 4연은 살아간다는 일의 신비로움과 고됨에 관해 여러 깊은 의미를 던져주는 점이 있다. 먼저 3연의 중심 소재는 "짓시늉"이다. "짓시늉"이라는 말은 '어떤 모양이나 동작을 본떠서 흉내 냄'을 뜻한다. 먼저 노년의 나는 유년의 나를 짓시늉한다고 했다. 노년의 나와 유년의 나 사이에는 물리적 시간의 단절이 있으므로, 노년의 내가 유년의 나를 짓시늉한다는 문장은 표면적으로 보기에 논리적 모순일 따름이다. 그러나 깊이 생각해보면, 사람은 나이를 먹는다 하여도 근본적으로 변하기 어려운 측면이 있다. 시간적으로 나중의 '나'는 시간적으로 앞선 '나'의 행동 습관을 답습하거나 사고방식을 고수하는 경우가 많은 탓이다. 비록 이후의 내가 이전의 나와 크게 달라졌다고 해도, 이후의 변화된 나는 결국 무수한 '이전의 나'들이 축적되고 중첩된 소산이라 할 수 있다. 이후의 내가 변화를 크게 겪었다고 하면,

그것은 아무것도 없는 데서 변화를 겪은 것이 아니라 어디까지나 이전의 나로부터 변화를 겪은 것이기 때문이다. 짓시늉을 하는 자는 짓시늉의 대상이 되는 자와 비슷하지만 완전히 똑같을 수가 없다. 모방은 차이를 낳고, 차이는 모방 속에서 일어나는 것이다. 노년의 내가 유년의 나를 짓시늉한다는 것은 바로 이 점을 재미나게 포착하였다. 이와 같은 까닭으로 유년의 나도 노년의 나를 짓시늉한다고 볼 수 있다. 유년의 내가 했던 무수한 행위와 사유들이 결국 노년의 나를 만들기 때문이다.

4연에서 "죽은 나"는 노년의 나와 유년의 내가 "먼저 밥을 먹으려고 다투"는 정황을 지켜본다. "밥"은 모든 생명의 궁극적 원천이다. 따라서 동학의 2대 교주인 해월 최시형 선생은 "하늘은 사람에 의지하고 사람은 밥에 의지하니, 모든 일을 안다는 것은 한 그릇 밥을 먹는 것天依人 人依食 萬事知 食一碗"이라고 하였다(「천지부모天地父母」, 『해월신사법설海月神師法說』). 그러므로 "모든 존재가 하늘로써 하늘을 먹는 것物物이다以天食天"라고 한다(「이천식천以天食天」, 『해월신사법설』). 하종오식 리얼리즘 고유의 특징은 언제나 밥이라는 근본 문제로부터 출발한다는 데 있다. 하지만 살아가는 일의 힘겨움은 근본적으로 밥벌이의 고달픔에서 비롯되기도 한다. 밥은 가만히 있다고 해서 저절로 주어지는 것이 아닐뿐더러, 아무리 애써 일을 한다고 해서 끝없이 얻을 수 있는 것도 아니다. 어쩌면

한 사람이 일생동안 먹을 수 있는 밥은 정해져 있지 않을까 하고 시인은 생각한다. 유년의 내가 밥을 많이 먹는 것은 노년의 내가 먹을 수 있는 밥을 미리 빼앗아 먹는 것일 수도 있다. 거꾸로 노년의 내가 밥을 많이 먹는다면, 그것은 유년의 내가 배부르게 먹지 못한 밥을 마저 먹는 것일지도 모른다.

"죽은 나"는 노년의 나와 유년의 내가 서로를 짓시늉하거나 밥을 먼저 먹으려고 다투는 꼴을 모두 지켜보고 있다. 그러나 그들은 "죽은 나"에게 "반응"하지 않으며 "죽은 나"를 "밀쳐" 내기까지 한다. "죽은 나"는 노년의 나와 유년의 나를 지켜볼 수 있어도, 살아 있는 '나'들은 "죽은 나"의 존재를 감지하지 못한다. 하지만 우리는 이 시를 읽었다. 이 시를 읽은 순간, 우리는 이 시를 읽기 전의 상태로 영영 돌아갈 수 없다. 내가 지금 이 글을 쓰고 있는 동안에도, 죽은 나 자신은 이 글을 쓰고 있는 나를 지켜보고 있을지도 모르기 때문이다. 내가 지금 이 순간에 하는 짓들의 영향력은 유년의 나와 노년의 나를 넘어서 죽은 나에게까지 닿을 것이다. 예컨대 미당 서정주 같은 이들이 만일에 욕된 짓을 저지르지 않았다면, 그전에 그가 썼던 시들은 아름답게만 읽혔을지도 모르며 그 후에 남은 그의 이름마저도 오늘날과 다른 의미로 기억되었을지 모른다. 이를 표현한 시가 시집의 마지막에 자리한 「죽음에 다가가는 절차 · 55」이다.

죽은 내가 생전에 만든 적 없는

나의 더미와 마주쳤다

죽은 나는 늙었는데

나의 더미는 젊었다

죽은 나는 한 명이지만

나의 더미는 여러 명 있을 수 있겠다 싶어

죽은 나는 나의 더미를 살폈다

나의 더미에는 아닌 게 아니라

앞날이 보이지 않아 절망하는 청년1도 있었고

시를 고쳐 쓰며 방황하는 청년2도 있었고

혁명의 구호를 외치는 청년3도 있었다

그보다 더 많은 청년들이 제각각

취업이나 식사나 취침을 하기 위하여

이력서를 썼고 수저를 들었고 침대에 누웠다

내가 죽었는데도

나의 더미들이 일상에서 제 할 일 하는 모습이 한꺼번에
보였다

죽은 내가 나의 더미들에게 다가갈 때

청년1은 이마를 책상에 대고 울고 있었고

청년2는 원고지를 불태운 재에 흙을 덮고 있었고

청년3은 바리케이드 앞으로 나아가고 있었다

내가 죽은 뒤에도 그렇게 살아 있는 나의 더미들에게

누구에 의해 만들어졌느냐고 묻지 않았다

나의 더미도 죽은 나에게 아무것을 묻지 않았다

그냥 서로 한참 동안 쳐다보았다

—「죽음에 다가가는 절차·55」전문

　'더미dummy'는 '인체 모형'을 뜻하는 낱말이다. 살아 있는
사람의 몸뚱이를 대신하는 마네킹 같은 것이다. 위 작품에서
"죽은 나"는 "청년1"과 "청년2"와 "청년3" 등, 수많은 청년
시절의 '나'들을 스스로의 더미들이라고 인식한다. 상식적으
로 우리는 원본이 시간적으로 앞선 것이며 모방품이 시간적으
로 뒤서는 것이라고 여긴다. 청년 시절의 '나'들은 시간적으로
"죽은 나"보다 앞서 있는 것이다. 그러나 이 작품은 청년
시절의 '나'들을 "죽은 나"의 모방품으로 형상화한다. 이처럼
하종오의 말년 시편은 원본과 모방품의 선후 관계를 역전시키
고, 과거와 미래의 물리적 단절을 와해시킨다.

　일반적으로 운명은 태어날 때부터 타고나는 것이라고 여겨
진다. 하지만 인간의 생을 강물의 흐름에 비유해보자. 그러면
운명이 시초에 있는 것이 아니라 종국에 있음을 알 수 있다.
상류의 여러 물줄기들이 어디로 흘러왔으며 어떻게 흘러왔는
지를 강의 하류가 전체적으로 나타내듯이. 우리가 어떻게
살았으며 왜 살아왔는지를 다른 이름으로 하여 운명이라고
부른다. 우리가 사는 동안에 무엇을 하느냐에 따라서 우리

운명은 끊임없이 변화한다. 하류가 상류의 흐름에 따라서 달라지듯이. 다만 우리는 한 사람의 삶이 모두 끝난 다음에서야 그 삶의 모든 발자취들을 운명이라는 틀로 엮어낼 수 있을 뿐이다.

"청년1"은 어디로 나아갈지 몰라서 방황하는 더미다. "청년2"는 시를 쓰며 고뇌하는 더미다. "청년3"은 혁명을 부르짖는 더미다. 세 개의 더미는 각각 다른 것들처럼 표현되지만, 실상은 모두 다 "죽은 나"의 과거 속 여러 단면들일 수 있다. 살아 있는 동안에 "죽은 나"는 방황하기도 했고, 시를 쓰기도 했으며, 혁명을 갈망하기도 했을 것이다. 통념적으로 생각하기에 '나'라는 개체는 여러 개가 아니라 한 개처럼 보인다. 그러나 '나'라는 존재의 구성은 단수형이 아니라 복수형이다. 하종오는 여기에서 한 발짝 더 나아가, 그렇게 '나'를 이루는 여러 '나'들이 "죽은 나"의 모방품들이라고 표현하였다. 나의 내면에 층층이 쌓여 있는 수많은 정체성들은 "죽은 나"를 본떠서 만들어진다. 내가 살아가면서 고민하고 실천하는 모든 행위는, 내가 죽음을 맞이하는 순간에야 비로소 궁극적인 의미를 얻을 수 있다. 지금 여기서 내가 벌이는 일들이 앞으로 나를 어떻게 변화시킬지, 최후에 가서 나를 어떤 존재로 귀결시킬지는 미리 결정되어 있지 않은 것이며 잠재적 가능성으로 가득 차 있는 것이다. 그래서 "죽은 나"는 "나의 더미들에게/누구에 의해 만들어졌느냐고 묻지 않"는다. 또한 "나의 더미도 죽은 나에게 아무것을 묻지 않"는다. 살아 있는 나 자신은 "죽은 나"의 한 부분을 모방하고 있지만, 내가 살아가는 동안 어떤 행위를 하는지에 따라서 "죽은 나"의 모습은 달라지기 때문이다. 삶이란 죽음이라는 원본의 모방품이다. 그러나 모방품으로서의 삶이 어떻게 변화하느냐에 따라서 원본으로서의 죽음도 변화한다. 하종오의 시 세계는 죽음에 관한 사유를 통해 여기까지 확장(확대)되었고 집중(심화)되었고 갱신(진화)되었다. 이 과정 자체가 다름 아니라 죽음에 다가가는 절차 아니겠는가.

3. 시의적 화해에서 벗어난 말년의 양식

　말년의 하종오 시에 다가가고자 할 때, '말년 문학은 작가의 생물학적 나이라는 기준에 따라서 규정된다'는 통념을 경계해야만 한다. 에드워드 사이드에 따르면 그와 같은 통념은 '시의성timeliness'에 근거한 고정관념이라고 한다. 예를 들어 하종오의 이 시집 가운데 「죽음에 다가가는 절차·20」에서 "시란 젊은 날에 쓰는 장르"라는 "선배소설가"의 "고정관념"이 곧 시의성에 해당한다. 섬세한 감수성과 싱싱한 감각을 지닌 젊은 시절에 시를 가장 잘 쓸 수 있다는 고정관념은 실제로 널리 퍼져 있는 편견이다. 이는 젊은 시인의 시에 대한 편견일 뿐만 아니라 시문학 장르 자체에 대한 편견이기도 하다. 시를 곧 감각이나 감수성의 산물이라고만 간주하기 때문이다. 그렇게 생각하는 독자는 시에서 표현 기법이 얼마나 참신하게 뒤틀려 있는지, 또는 시인이 남들보다 얼마나 여린 마음씨를 가지고 울 수 있는지 따위만을 향유하게 될 것이다.

젊은 시인의 시에서 기괴한 감각과 과도한 감수성을 기대하게 되듯이, 우리는 보통 말년의 예술가가 창조한 작품 속에서 '원숙한 경지'를 기대하고는 한다. 그처럼 말년의 작품들 속에서 예술가의 연륜에 따른 성숙함, 화해, 평온함 따위를 찾아내려는 독법이야말로 '시의성'에 맞추어 작품을 재단하는 방식에 해당하는 것이다. 당장에 떠오르는 예로는 황동규의 경우를 꼽을 수 있다. 그가 근래에 들어 펴낸 시집들에는 "부처"나 "예수"나 "원효" 등이 빈번하게 출몰한다. 황동규 시는 그러한 페르소나persona들의 입을 빌려 삶의 본질에 대한 원숙한 시인의 통찰을 설파한다. 그의 시가 겨냥하는 감동은 시인이 어른의 위치에 서서 아이의 위치에 놓인 독자들에게 거룩한 깨달음을 전할 때 비롯한다. 황동규뿐만 아니라 많은 '말년의' 작가들이 그러하지 않은가?

한국 리얼리즘 시의 원로로 떠받들어지곤 하는 신경림의 경우도 크게 다르지 않다. 그의 시 「별」에서 시적 화자는 "눈 밝"은 젊은 시절과 달리 "나이 들어"서 "눈 어두"워지자

"서울"의 "탁한 하늘에 별이 보인다"고 하였다. 미세먼지로 가득한 서울의 밤하늘에서, 그것도 늙어서 어두워진 눈으로 별을 본다는 일은 얼마나 허황된 거짓인가. 물론 여기서 "별"은 실제로 밤하늘에 떠 있는 별이 아니라 "사람들 사이에" 떠 있는 별, 다시 말해서 모든 존재가 연결되어 있다는 조화로움의 관념을 상투적으로 상징한 시어이다(신경림, 『사진관집 이층』, 창비, 2014, 47쪽). 신경림의 사례는 독자 대중이 나이 지긋한 작가에게 요구하는 인생과 세계의 낙관적 화해를 전형적으로 그리고 있다. 쉽게 말해서 우리는 큰 어른에게, '살아보니 살 만하더라'는 위로를 받고 싶어 하는 것이다. 그러므로 신경림의 근작은 광화문 교보문고 현판에나, 아니면 지하철 스크린도어에나 걸릴 법한 것이다. 실제로 이 시가 그런 곳들에 걸려 있는 광경을 나는 보았다. 시적 성향이 매우 상이하다고 알려져 있는 황동규와 신경림, 이들 시인이 오늘날 쓰고 있는 원숙한 포즈의 시는 말년 문학에 대한 통념을 하릴없이 따른다는 점에서 이토록 서로 닮아 있는 것이다.

아이 같은 독자들은 어른 같은 시인에게 호기심을 느낀다. 세상을 살아보니 어떠했는지, 이 세상에서 산다는 일은 가치가 있는지를 궁금해 한다. 독자들 대부분이 자기 삶의 가치를 확신하지 못하고 있기 때문 아닐까? 자본주의 사회는 인간을 거대한 기계의 한 조각 부품으로 전락시킨다. 그러나 인간이 인간인 이상, 인간은 남들과 대체될 수 있는 부속품으로서가 아니라 유일무이의 가치를 지닌 존재로 정당화되어야 한다. 이러한 정당화의 과제는 특히 죽음 앞에서 더더욱 절실해질 수밖에 없다. 죽음은 인간에게, 네가 죽어도 크게 달라질 게 있느냐고 질문하기 때문이다. 그러나 연륜의 시의성에 따라서 성숙한 화해만을 탐닉하는 문학은 '힐링'과 같다. 그것은 죽음 앞에서 인간의 유일무이한 존재 가치를 정당화하는 것이 아니다. 그것은 다만 자본주의 메커니즘의 기계장치로 사는 삶을 그다지 나쁠 것 없이 괜찮은 것, 심지어는 아름다운 것으로까지 포장할 따름이다. 그런 식의 문학은 부조리한 현실의 여러 모순을 은폐하는 데 이바지한다.

반면에 에드워드 사이드는 그러한 통념에 이의를 제기한다. 그는 예술적 말년성lateness에 관한 것이 조화와 해결이 아니라 비타협이나 미해결의 모순과 같다면 어떠하겠느냐고 묻는다. 다시 말해서 부조화, 비평온의 긴장, 비생산적 생산력의 성격을 가지는 '말년의 양식late style'에 주목하는 것이다. 그에 따르면 시의성과 대조되는 의미에서 말년성은 "용인될 수 있는 것과 표준적인 것을 넘어서 살아남는 것의 관념"으로서, "부르주아 사회와 심지어는 조용한 죽음마저 거부하고 멀리 거리를 둠으로써 바로 그 때문에 보다 위대한 의미와 거역을 성취한다." 그러한 까닭으로 말년의 양식은 역설적으로 "원형적인 새 미학적 형식"이 될 수 있으며, 후대의 예술가들에게 새로운 예술 형식의 원천이 될 수 있다. 요컨대 말년의 양식이란 "동떨어짐과 망명과 시대착오의 감각을 증대시키는" 형식이다(Edward W. Said, *On Late Style: Music and Literature Against the Grain*, New York: Pantheon Books, 2006, pp. 5-17. 이하 번역은 모두 필자의 것).

하종오의 말년 시는 오늘날 한국 비평의 관심사와 동떨어진 망명의 문학이자, 오늘날 한국의 시단에서 유행하는 그 어떤 분위기와도 닮지 않은 시대착오의 문학이다. 특히 보통 사람들이 작가의 말년 작품에 기대하는 원숙함, 성숙한 지혜, 현실과의 화해, 평온한 달관 따위를 전혀 찾을 수 없다는 측면에서 더욱 그렇다. 하종오 시는 죽음이라는 본질적인 문제에 육박해 들어갈 때에도, 미소를 띠며 과거의 삶을 회고하면서 침착하고 차분하게 죽음을 맞으려 하지 않는다. 죽으면 아무것도 남는 것이 없다고, 따라서 스스로 쓰고 싶은 것만을 쓰겠다고만 한다. 죽음에 다가가는 하종오의 시적 절차는 초조한 긴장감과 고집스러운 투박함으로 가득 차 있다. 독자의 커다란 호응을 기대하지도 않으며 많이 팔리지도 않는 시집들을 무서운 속도로 계속 펴내고 있는 하종오의 비생산적 생산력도 이러한 맥락에서 충분히 이해가 가능하다. 그러므로 하종오의 말년 시는 한국 시문학사에서 매우 드물게, 진정한 의미의 '말년성'을 드러내는 희귀 사례다. 시는 겉보기에 독자의 요구를 도외시하고 시인의 자족만을 위하는 듯한 이 양식 속에서 살아 있는 미래를 찾아낼지도 모른다.

'말년의 양식'은 테어도어 아도르노에게서 가져온 개념이다. 아도르노는 황동규나 신경림 등의 경우에 나타나는 말년 작품의 원숙함에 관한 통념 자체를 철저히 깨부순다. "중요한 예술가들의 말년 작품이 지니는 원숙함은 열매에서 발견되는 종류의 원숙함과 닮아 있지 않다. 그 말년 작품들은 대부분 둥글지 않고 패어 있으며 심지어 피폐하다. 달콤함은 전혀 없이, 씁쓸하고 가시가 돋은 채로, 그것들은 단순한 즐거움에 투항하지 않는다." 이러한 측면에서 말년의 양식에 해당하는 사례로 아도르노는 루트비히 반 베토벤의 사례를 꼽는다. 아도르노가 보기에 베토벤의 말년 작품은 원숙함이나 조화로움 따위와 거리가 멀다는 것이다. 하종오의 말년 시편 가운데 베토벤에 관한 작품이 있다는 것은 흥미로운 지점이다(「죽음에 다가가는 절차·33」).

그런데 베토벤의 말년 작품에 나타나는 불협화음의 성격을 "거리낌 없는 주관성subjectivity 또는 '인격personality'의 산물"로 해석하는 방식이 보통의 시각이라고 한다. 다시 말해서 기존의 논의들은 "스스로를 더욱 잘 표현하기 위하여 형식의 포장을 돌파"하는 것, 형식의 굴레에 얽매이지 않고 예술가 자신의 주관을 자신감 있게 표현하게 된 경지로서 말년의 베토벤 작품을 설명한다는 것이다. 그러나 아도르노는 이처럼 지배적인 견해가 작품을 단지 예술가의 "전기傳記"나 "심리적 기원"으로 환원시키는 데 불과하다고 비판하며, 오히려 "작품들의 기법적 분석"과 그것의 "특수성particularity"에 주목 해야 한다고 주장한다(Theodor W. Adorno, "Late Style in Beethoven," in *Essays on Music*, trans. Susan H. Gillespie, Berkeley, Calif.: University of California Press, 2002, pp. 564–565). 예술가의 주관이 너무나 성숙하였기 때문에 형식의 관습을 벗어나서 자유롭게 표현된 것이라는 식으로 말년 작품을 해석하는 관점은 결국 예술가가 말년에 어떤 심리 상태에 있었는지, 그 당시에 어떻게 살고 있었는지 등, 작품의 형식적 특성과 무관한 측면으로 말년의 양식을 규정하는 것일 뿐이다. 예컨대 황동규나 신경림의 말년 작품 들에서 시적 형식상의 특수성이 두드러진다고 보기는 매우 어렵다. 그들의 말년 작품은 모두 그들이 젊은 시절부터 익숙 하게 썼던 시적 기법을 그대로 되풀이한 것에 가깝다. 그뿐만 아니라 그들의 말년 작품 속에는 인생을 달관한 자의 원숙한 깨달음과 같은 작가 자신의 주관성이 과도하게 표출되어 있는 것이다. 따라서 그 시인들의 말년 작품을 읽으며 단지 그들이 인생의 말년에 무슨 생각을 갖게 되었는가와 같은 심리적 해석만을 하게 되기가 쉽다. 하지만 하종오의 말년 시편은 작품의 형식적 특수성이 독자를 불편하게 만들 만큼 두드러진다. 하종오의 말년 양식은 그 이전에 시인이 활용하 던 스타일과 크게 다르다.

하종오 시 세계의 스타일 변화는 시집 『지옥처럼 낯선』(랜
덤하우스코리아, 2006)에서부터 시작되었다. 오랜 절필 기간
을 마치고 그가 쏟아낸 이전 시집들은 깊디깊은 사유와 뛰어난
표현 기법을 보여주며 한국 서정시의 수준을 한 단계 끌어올린
전범이었다. 『무언가 찾아올 적엔』(창비, 2003)에서 하종오
의 사유와 표현은 빈틈없이 조화를 이루었으며, 『반대쪽
천국』(문학동네, 2004)은 시대 현실의 문제를 직접 다루면서
도 시 자체의 아름다움을 잃지 않는 하나의 기적이었다. 그런
만큼 『지옥처럼 낯선』을 처음 받아 읽었을 때 느꼈던 당혹감
은 이루 말할 수 없이 클 수밖에 없었다. 이전의 시집들이
보여주었던 눈부신 성취들이 자취를 감춘 채로 너무도 단조롭
고 건조하며 밋밋하게 보였다. 서정적 감수성과 뛰어난 시적
표현을 발휘하는 자체가 이제는 무의미하다고 주장하는 듯했
다. 물론 『지옥처럼 낯선』이후의 시편에도 하종오식 리얼리
즘 고유의 성취라 할 수 있는 시적 기법은 생생히 빛나고
있다. 그러나 더 정확히 말하자면, 여타의 기법들을 지워내고
오로지 하종오식 리얼리즘만의 특수한 기법을 가지고 지속적
으로 유희하고 있는 것이다. 어쩌면 하종오의 말년 양식은
다름 아닌 그때부터 시작되었던 것이리라. 이러한 측면에서
말년 양식에 관한 아도르노의 통찰은 하종오의 말년 시편을
조명하는 데 유의미한 실마리를 제시해준다.

죽음은 예술 작품이 아니라 오직 창조된 존재 위에만 부과된
다. 그러므로 죽음은 오직 굴절된 양상을 통해서 알레고리로
나타난다…… 말년의 예술 작품 속에서 주관성의 힘은 성마른
몸짓이다. 그 몸짓을 가지고 주관성의 힘은 작품들 자체로부터
벗어난다. 주관성의 힘은 작품들의 속박을 부순다. 자신을
표현하기 위해서가 아니라, 표현 없이 예술의 외양을 벗어
던지기 위해서. 작품들 자체에 관하여 주관성의 힘은 **단편들만**
을 뒤에 남기며, 오직 자신으로부터 풀려난 빈자리를 통해서
자기 자신과 소통한다…… **더 이상 주관성에 관통되거나 장악**
되지 않는 관습들이 단순히 남게 된다. 주관성으로부터의 탈주
를 가지고, 그것들은 쪼개져나간다. 그리고 조각들로서, 줄어들
고 유기되며, 그것들 자체는 마침내 표현으로 되돌아간다.
이 지점에서는 더 이상 고독한 자아의 표현이 아니라, **창조된**
존재와 그 몰락에 관한 신화적 본성의 표현이 된다. 말년 작품은
창조된 존재의 단계를 상징적으로 밟는다(Theodor W. Adorno,
op. cit., p. 566).

살아 있는 존재만이 죽음을 겪을 수 있다. 예술 작품은
죽음을 겪지 않는다. 따라서 죽음은 예술 작품 속에 직접적으
로 표현될 수 없다. 예술 작품 속에서 죽음은 굴절된 방식으로,
다시 말해서 알레고리적인 방식으로 표현될 수밖에 없다.
예술 작품 속에서 예술가의 죽음을 직접적으로 읽어내고자

하는 모든 시도는 어리석은 것이다. 예술 작품은 죽음을 직접적으로 표현할 수 없는 것이기 때문이다. 그러므로 예술 작품 속에서 죽음이 어떻게 표현되고 있는지를 살피기 위해서는, 예술 작품이 죽음을 알레고리적으로 표현하는 형식적 기법 자체에 주목해야 하는 것이다. 어찌 보면 당연한 이 이야기를 통하여, 아도르노는 말년 작품의 형식 자체에 대한 관심을 촉구한다. 우리는 말년의 작품 속에서 예술가의 죽음을 직접적으로 파악하기 어렵다. 그렇다면 말년의 양식이란 무엇인가?

신경림이나 황동규의 말년 작품은 자신의 주관을 과도하게 표현한다. 오래 살아봤으므로 이만큼이나 많이 깨달았다고 뽐낸다. 오래 시를 써왔으므로 이만큼이나 시를 잘 쓸 수 있다고 과시한다. 그러나 그것은 오히려 자기 자신을 표현하려는 데 골몰하는 젊은이의 치기와 다를 바 없다고 할 수 있다. 그러나 하종오의 말년 시편은 (자기) 표현을 최소화하고자 한다. 깨달음이나 시적 표현도 최대한 자제한다. 그러다보니 이것도 잘 쓴 시인가, 도대체 시라고 부를 만한 것인가 하는 의문을 자아낸다. 하종오의 말년 시편은 '시적인 것'에 대한 고정관념을 무시하는 것처럼 보인다. 그러나 그 자체가 말년 양식의 주관성을 나타낸다. 진정한 의미에서 말년의 양식은 자기의 주관성을 표현하는 게 아니라, 자기의 주관성을 없애는 몸짓 속에서 자기의 주관성을 없애려는 주관성을 표현하는 것이다. 표현을 최소화하고 예술이라는 겉모습을 내팽개치는 것, 이것을 아도르노는 말년의 작품 속에서 나타나는 성마른 몸짓이라고 하였다.

성마른 몸짓은 형식적 기법의 측면에서 단편들과 관습들의 과잉으로 나타난다. 하종오의 근작 시집들은 모두 이번 시집 『죽음에 다가가는 절차』와 마찬가지로 하나의 주제를 가지고 일련의 단편들을 모은 것이다. 그것은 세계와 자아 사이의 총체성을 구현하는 헤겔식의 서사시 개념과 전혀 다르다. 그렇다고 김기림의 「기상도」 같이 거시적 시각을 담기 위한 장시도 아닌 것이다. 진정한 의미의 말년 양식은 작품 한 편의 완성도에 관심이 없다. 작품 한 편의 완성도를 추구해야 한다는 생각 자체가 벌써 자기표현과 예술의 외양에 대한 집착이기 때문이다. 요컨대 하종오의 최근 작업들이 단편적 특성을 드러내는 까닭은 자기 자신의 표현을 거부하기 때문이며, 예술 작품에 관한 고정관념을 부정하기 때문이다.

다음으로 하종오의 말년 양식 속에는 무수한 관습이 존재한다. 시인의 근작들은 관습들로만 이루어진 것처럼 보이기까지 한다. 예컨대 유사한 통사구조의 반복, 단조로운 병치 기법이나 대구를 통한 대조법 등은 하종오 시의 특수성이다. 이러한 특수성으로 인하여 우리는 저자의 이름을 가리고도 어떤 작품이 하종오의 것인지 분명히 맞출 수 있다. 그러나 이는 관습들로 이루어진 특수성이며, 거꾸로 말하자면 특수한 관습이다. 시인의 개성을 드러내는 특이한 시적 기교가 아니라 전통적이고 평범하기까지 한 표현 기법들일 뿐이다. 아도르노는 이를 "주관성에 관통되거나 장악되지 않는 관습들"이라고 하였다. 하종오는 시인 자신의 주관으로써 표현을 세련되게 다듬거나 독특하게 비트는 것이 아니라, 자신의 주관을 지운 자리에 관습들을 한가득 채워 넣는다. 자기 주관의 자리를 관습적인 표현들에 양도하는 것이다. 하종오의 말년 시편은 하종오가 자신의 생각으로 쓰는 것이 아니라, (하종오 개인의 주관성 대신에) 하종오 시 세계 고유의 관습적 문법들이 서로 유희하면서 주관을 만들어낸 것이라고 비유해 볼 수 있다. 이러한 방식으로 말년 양식은 죽음을 굴절시켜 표현한다. 자아의 주관을 소멸시키고 관습적 표현으로 대신하는 형식을 통해 말년 작품은 죽음을 알레고리적으로 표현하는 것이다. 나는 이제 하종오의 요즘 시들을 지루해하기는커녕 두려워할 따름이다. 두려운 것은 언제나 매력적이다.

하종오 시의 다음은 어디인가?

죽음에 다가가는 절차

초판 1쇄 발행 2018년 01월 25일

지은이 하종오
펴낸이 조기조
펴낸곳 도서출판 b

등록 2006년 7월 3일 제2006-000054호
주소 08772 서울시 관악구 난곡로 288 남진빌딩 302호
전화 02-6293-7070(대) 팩시밀리 02-6293-8080
홈페이지 b-book.co.kr 이메일 bbooks@naver.com

ISBN 979-11-87036-33-3   03810

값_10,000원